司馬遼太郎で読み解く幕末・維新

小谷野　敦
Koyano Atsusi

ベスト新書
572

目次

序章　司馬遼太郎から学んだこと

「言いすぎてはいけない」

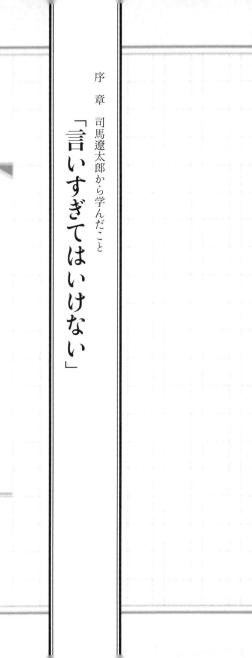

司馬が言った最も重要な言葉

司馬遼太郎の短編に「故郷忘《ぼう》じがたく候」というのがある。短編集の表題にもなっている。しかし、短編というよりは随筆であろう。

豊臣秀吉の朝鮮出兵の時、朝鮮から七十人ほどの陶磁の工人が島津勢によって連れてこられ、そのまま薩摩に住み着いているという話で、その子孫の一人として沈寿官《ちんじゅかん》という人が、司馬の知人として登場する。

その沈が、ソウル大学に招かれて講演をした時のことが、書いてある。沈は日本語で話しており、通訳がついている。

沈氏は講演の末尾に、

「これは申しあげていいかどうか」

と、前置して、私には韓国の学生諸君への希望がある。韓国にきてさまざまの若い人に会ったが、若い人のたれもが口をそろえて三十六年間の日本の圧制について語った。もっともであり、そのとおりではあるが、それを言いすぎることは若い韓国にとってどうであろう。言うことはよくても言いすぎるとなると、そのときの心情はすでに後ろむきである。あたらしい国家は前へ前へと進まなければならないというのに、この心情はどうであろう。

これは、本当は司馬が言いたかったことだろう。それを沈寿官の口をかりて言わせている、それはやや、

――ずるい

とも言えるのだが、これは司馬の言ったこととして最も重要な言だろうと私は思う。

私は『俺の日本史』（新潮新書）という日本史概略本を書いたことがあるが、これは明治維新までで終わっている。好評なら近代編もやるつもりだったが、それほどには売れなかった。近代を書いたらどうなるのか。

「言いすぎた」言葉が社会を動かす

もう七十年以上たつというのに、日本の「戦争責任」はあちこちで言われている。軍部独裁とか、米英蘭との無謀な戦争とか、大陸への侵略とかいろいろあるが、私は、あまり言いすぎてはいけないと思う。逆に、あれは西洋列強からアジアを解放する戦争になるはずだったし、現に東南アジアやインドはあのあとで独立した、とか、朝鮮を支配して近代化した、という言説もある。しかし、これも、言いすぎてはいけない。

間違ったことは言ってはいけないのだが、正しいこと、特に「正義」は、言いすぎてはいけないのだ。だが、人々は、言いすぎた言葉、過激な言葉によって動く。司馬が小説の題材とすることの多かった明治維新も、煎じ詰めると「攘夷」という理念によって動かされていた。このことは、明治政府が実際には攘夷をしなかったため閑却されがちだ。中心となった討幕派の枢要な人物は、すでに攘夷が不可能であることに気付いていたけれど、下々の者らはそれを知らなかった。だから、幕府を倒せば攘夷をやると信じていたのである。そのことは森鷗外の「津下《つげ》四郎左衛門」という短編に書いてある。

司馬は、この「言いすぎた」言葉が社会を、時世を動かす、ということを知っていたであろうし、知って絶望もしていたであろう。

現在もまた、「言いすぎた」言葉が世間にはあふれている。世間で、右とか左とか言われている、双方で、である。その一方で、正しい言葉がある時には隠蔽されている。雑誌にせよ書籍にせよ、政治的に過激なことを言ったほうが売れるからである。売買にかかわらなくとも、過激な言葉のほうが広まる。

生前、司馬が『坂の上の雲』のドラマ化を許可しなかった理由

司馬は生前、『坂の上の雲』のドラマ化を許可しなかった。没後、全13回のスペシャルドラマになったが、司馬は、保守派の論客が好むこの小説が、広まることを憂えていたのだろう。「日本海大海戦」（一九六九）という映画があったが、三船敏郎が東郷平八郎を演じていた。だが勝利のあとの東郷は、憂鬱そうな顔つきで歩いていた。日本がロシヤに勝ったことは、ロシヤの圧迫を受けていたトルコやポーランドの人々に感動を与えたかもしれないが、その直後の日比谷焼き討ち事件といい、日本の思い上がりといい、やはりこれこそ、日本が偉かったと「言いすぎてはいけない」ものだ。ドラマも、私に

はあまり面白くなかった。

私は断続的にながら、司馬作品を愛読してきたし、歴史小説を書くときは影響も受けている。それどころか、司馬のように書きたいとすら思っている。

だが、司馬の作品すべてがいい、とは思わない。失敗作もあるし、世間では評判がいいが、私は感心しないというものもある。世間には、司馬礼賛、すべていいと言う人もいるし、批判する人もいる。作家にせよ藝術家にせよ、すべていい、と言わないと気がすまないファンというのがいて、これは面倒だ。

司馬は第一に歴史小説家である。それに、人生の指南役とか文明評論家めいたものを期待して礼賛するのはどうか。

第一章

私の司馬遼太郎

司馬のあとに司馬なし

半年ほど前のことだが、司馬遼太郎記念館に出入りしている新聞記者の方が私に会いに来た。その人は開口一番、「先生は司馬遼太郎なんかバカにしていると思っていました」と言う。だが私がアマゾンのレビューで、「司馬の、江藤新平を扱った『歳月』のレビューを書いて、司馬のあとに司馬なし、としたので、驚いて会いに来たのだと言う。

おそらく、私がこの十年ほど「私小説」礼賛をしていることと、知識人は司馬遼太郎をバカにするとか、私が「純文学」派だといった思い込みでそう思われていたのだろう。実際には、私は司馬遼太郎に限らず歴史小説好きの大河ドラマ好きで、『大河ドラマ入門』光文社新書なんて本も書いているし、あまり知られていないが歴史小説も書いて、いずれは大河ドラマの原作を目ざすとか、直木賞を狙っているとか書いている。

とはいえ、九〇年代以来、司馬遼太郎礼賛本などがやたら多く、これに辟易する気味があったのは確かだし、歴史作家では司馬より海音寺潮五郎のほうが好きだし、宮尾登美子も好きである。

歴史ものに目覚めた小学生時代

小学校五年生になるまでは、私は「帰ってきたウルトラマン」や再放送されていた「ウルトラセブン」その他特撮ものの好きな子供で、四年生くらいになると幼稚なんじゃないかと両親に心配されていた。私を変えたのは、五年生になった時に始まったＮＨＫの人形劇「新八犬伝」で、これに夢中になった私は、次第に歴史好きに変わっていった。武蔵、相模、下総といった昔の国名からなる地図を作って壁に張ったり、「里見八犬伝」の子供向けリライトや、石山透の脚本を重金敦之がノベライズしたもの（最近角川文庫で復刊した）を買ってきて読み、マンガにしたりしていた。

その年の大河ドラマは、司馬の『国盗り物語』をベースに、『尻啖《しりくら》え孫市』『功名が辻』『梟の城』なども原作とした「国盗り物語」だったが、こちらは両親が観ているのをわきで

国盗り物語

『国盗り物語』新潮社／新潮文庫／全4巻
初出　1963年8月～「サンデー毎日」
斎藤道三と織田信長の生き方がそれぞれ前・後編で描かれた。これぞ「戦国もの」の4巻だ。

観ていただけで、ちゃんと見るほど大人びてはいなかった。

次の年の大河ドラマ「勝海舟」は子母澤寛《しもざわかん》原作で、これは半分くらいちゃんと観ていて、中学一年の時の、南条範夫原作「元禄太平記」は、本腰を入れて観たが、さらに本格化するのが、二年生になる一九七六年の、海音寺潮五郎の『平将門』と『海と風と虹と』を原作とする「風と雲と虹と」で、原作も読んだ。この時、NHKから出ているガイドブックも買ってきて、律令制での官位表やら、藤原氏と天皇家の系図などを愛読し、原作からは登場人物をノートに抜き出して系図を作った。この系図は、新しく人物が出てきたりすると書き直すから、鉛筆描きである。

梟の城

『梟の城』（原題：梟のいる都城）新潮社／新潮文庫／全1巻
初出　1958年4月〜「日外日報」
司馬の初期作品の多い忍者ものの一つ。秀吉暗殺を狙う伊賀の忍び・蔦籠重蔵が主人公。

歴史漫画に夢中になった日々

小説のほかに私が愛読したのは、カゴ直利が大河ドラマをもとに描いて学研から出ていた歴史漫画だ。大河ドラマとの関係は何となく隠されてはいたが、最初は斎藤道三から大坂城落城までを、たぶん司馬の『国盗り物語』『新史太閤記』『関ヶ原』『豊臣家の人々』などを原作として描いた五部作である。次は『勝海舟』に基づいた五部作だが、中学生になるころに入手したため、いまだにあとの五部作の三巻目『新選組』の巻が手に入っていない。

もうその頃は、特撮ものもブームが下火になっていたし、アニメの類もほぼ観なくなっていた。「八犬伝」の原作『南総里見八犬伝』は岩波文庫で買って原作をそのまま読んでいた。その春、翌年の大河ドラマは、司馬遼太郎を原作とする「花神」だと発表されたのである。原作は、大村益次郎を描いた『花神』、吉田松陰と高杉晋作を描いた『世に棲む日々』、越後長岡の河井継之助を描いた『峠』と、長州藩の架空の武士・天堂晋助を主人公にした『十一番目の志士』の四点だという。

当時の小遣い帳を見ると、私は五月三十日に、『花神』のハードカヴァー第一巻を買っている。八百円だったが、まだ文庫版がなかったからだ。中学生の小遣いで、八百円はきつかった。ところが、九月になって、新潮文庫から文庫版全三冊が出たのである。大人なら、大河ドラマ原作ならいずれ文庫になる、と分かるだろうが、そこまでは分からなかった。さらに困ったことに、ハードカヴァーは全四巻なのである。文庫が全三冊なら、ハードカヴァーの第一巻を読んでも上巻の途中までしかない。つらかったが、私は九月に、文庫版の上と中を買ってきた。ハードカヴァー第一巻は読まれずに家にあったが、大学生のころにか売ってしまった。

『花神』との出合い　～これは小説なのか？～

さて、しかしこの『花神』は、それまで読んだ海音寺の小説とは様子が違った。途中で「これは小説なのか?」と思った。後期司馬が時どきやる、随筆や史伝のような書きぶりなのである。

ちょうどその十一月十一日から、司馬は『胡蝶の夢』を「朝日新聞」に連載し始めていた。私はこれも読み、毎回翌日になると切り抜いてとっておいたのだが、これも異色の作品で、佐渡の「伊之助」という少年が主人公なのだが、これが歴史上のたれなのか、分からないのである。（この「たれ」という表現は司馬がよく使ったが、以前「たれ」と書いたら、だれの間違いだろうとからまれたことがある）。司馬凌海《しばりょうかい》という、幕末から明治にかけての医師だったのだが、それは先にならないと分からず、大人の読者でもとまどったらしい。ところがこれ、途中から松本良順《りょうじゅん》が主人公になってしまい、さらに関寛斎も主人公らしく登場して、とうとう分からなくなって読むのをやめてしまった。「花神」の原作の残り三作も、その時には読まなかった。

高校生になった私は、大江健三郎を耽読するなど、それこそ「純文学」少年になって、歴史小説からはやや遠ざかった。もっとも司馬は初期に大江を高く評価していて、大江は司馬の短編集『鬼謀の人』の単行本に推薦文を書いている。のち大江がノーベル賞を受賞して、もう小説は書かないと言ったところ、司馬も、もう書かないと言っており、大江は実際にはその後も書いたが、そのころ梅原猛（一九二五―）が国際日本文化研究センターの退官記念講演で、「大江も司馬も書かないなら私が書く！」と豪語していた。

大河ドラマは観続けていたが、八四年に山崎豊子原作の「山河燃ゆ」、八五年に「川上音二郎、貞奴らを描いた杉本苑子原作の「春の波涛《はとう》」、と近代もの路線になると、面白くないので途中でやめてしまい、遠ざかった。聞いてみると、東大生というのはあまり大河ドラマは観ないそうである。やはりドラマだからフィクションで、バカバカしい、というところだろうか。比較文学者の佐伯順子さんは大学は学習院だが、やはり大河ドラマは観ていなかった。「八重の桜」で勤務先の同志社大学の創設者の妻をやるということで大河ドラマについて発言することになり、その後も「女大河」擁護の発言など（まあ求められてだろうが）しているが、

（昔は大河ドラマなんか観てなかったくせに）

と思わないでもない。

世間では人気があったらしい「独眼竜政宗」がどうも私にはダメだった。通俗的なのである。私が大河に復帰したのは、やはり九〇年の「翔ぶが如く」で、久しぶりの司馬原作に（ただし原作は明治以後）、配役が良かったので楽しく観ていたが、残念ながら八月からカナダへ留学してしまい、最近になってようやくＤＶＤで、当時観られなかった後半を観た。

ところでカナダ留学中は、いろいろつらいことがあった。留学というのはつらいこと

がつきものだが、私の場合さらにつらい事情があった（小説『悲望』に書いてある）。アジア・センターの図書館で、つらさ逃れのために、司馬の『国盗り物語』を借りたら、それを知り合いの日本人女性に見つかって、何だか恥ずかしかった。（この人はカナダ人と結婚して今もカナダにいるはずだが、東北の地震の時に、地震兵器が使われたと信じていたのでこわかった）。

久しぶりの司馬は、やはり面白かった。帰国後は、折に触れて歴史小説もまた読むようになった。

司馬人気の理由は「安心できる」ことと「語り口」

大阪大学へ赴任したので、私は時おり、東京と大阪を新幹線で往復するようになった。すると、車中で読む本というのを考えることになる。私は根っから閉所恐怖症なのだが、のちそれが悪化して、新幹線のひかりに乗れなくなり、十年ほどこだまで往復していたことがあったが、そうなると、新幹線の中で、不安になるようなものは読みたくない。難病闘病ものなどはいかんし、現代もので人間関係の軋轢など読みたくはない。第一、面白くなければいけない。すると、司馬作品が一番無難だということに気付いたのである。もっとも、司馬作品にも限りがあるので、その後宮尾登美子などを携えたりするようになった。

しかしこの「安心できる」というところが、司馬の人気の理由でもあり、批判を受ける弱点でもあるのだ。読者の世界観をゆすぶり、不安を与えるのが真の「文学」だという、ある種の近代的文学観からすれば、司馬はしょせん歴史に材を借りた娯楽小説だということになる。

司馬の語り口（特に後期の）もまた、人気の理由であると同時に批判の対象でもある。司馬は時おり、司馬遼太郎として、あたかも落語家が地に返って語るように自作について語りだすことがある。中にはこの「自作自註」を楽しみに司馬を読む人もいる。それはいわば私小説的でもあり、歴史小説を書いている司馬遼太郎が顔を出すのだ。だが中には、文学の語り手はそうざっくばらんではいけないと考える人もいる。複雑な語りの技巧を用いるのが近代文学だ、と考えるのである。たとえば渡部直己の『本気で作家になりたければ漱石に学べ！』（一九九六）では、『竜馬がゆく』で、司馬本人が竜馬に語りかけるところを引用して、ミスだとしている。しかし司馬好きにとっては、こういうところが面白いのだから、ミスだなどと言われても困ってしまう。渡部には渡部の、フロベールを規範とする理論があるのだが、それはしょせん文学イデオロギーでしかあるまい。

司馬は「保守」だった？

あとは、「産経新聞」記者だった司馬は、やはり「保守」だという見方もある。日本の急速な近代化と、日露戦争で大国ロシヤに何とか勝利したのはすばらしいが、その後日本人は驕り高ぶり、第二次大戦での敗戦を招いたというのが「司馬史観」などと呼ばれている。私は「史観」などというものは存在しえないと思っている。歴史というのは単なる事実の連なりで、個々人がそれぞれ「物語」を見つけて楽しんでもいいし、教訓にしてもいいと思っているからだ。それにしても、日本近代の戦争の歴史だけを「史観」と言うのは大げさだろう。

そのためか、左翼方面からは司馬は批判されがちで、加藤周一などは『日本文学史序説』で、司馬作品について、歴史上の英雄と自身を同一化するモーレッツ・サラリーマンの夢（妄想）で読まれている、などと書いている。司馬は、何しろ「成功者」である。小説が売れて、それで普通の歴史学者には手が出ないような史料を買い、カネを使った取材旅行をして、小説を書いてまた売れるという好循環の中にいた。だが同時並行で二つの連載を抱えていたりしたから、ハードな生活だったろうとは思う。しかし売れるから、批判者の中には嫉妬混じりの人もいるだろう。

他の作家たちと司馬

司馬を他の作家と対比する議論もある。たとえば松本清張と対比して、清張は「社会派」で現代社会の矛盾（これはマルクス主義用語で、正確には矛盾ではなく、マルクス主義的不正義という意味である）を剔抉《てっけつ》している、などと言う。あるいは藤沢周平と対比して、藤沢は歴史（時代）小説の中で、弱者を描いたが司馬は成功者を描いた、などと佐高信などが言う。ついでに言うと私は藤沢はどうも嫌いで、新井白石を描いた『市塵』などはまあまあだが、剣豪ものにさほど興味はないし、特に、長塚節を描いた『白き瓶』で、方言を間違えていたのが許せない。私は長塚と同じ地方の人間だが、あそこでは「がす」なんて言わないのだ。同地方の出身者に直してもらえば良かったものを。

また、推理小説好きと歴史小説好きのひそかな対立というのもあるようで、文化人類学者の春日直樹などは、『なぜカイシャのお偉方は司馬遼太郎が大好きなのか？　カイシャ人類学のススメ』（小学館、二〇〇五）などというエッセイ集を出しており、本当に司馬をバカにしきった書き方なのだが、その一方、『ミステリイは誘う』（講談社現代新書、二〇〇三）のような推理小説礼讃本を書いている。私はどちらかといえば歴史小説派だが、別に会社の偉い人だけが司馬を読むわけではないし、第一司馬を読むと歴史の勉強になる。司馬遼太郎で歴史の勉強などと言うとバカにする人も昔はいた。今では、低レベル大学の学生などで、基本的な歴史の知識がない者がいることが分かってきたから、あまりいない。

司馬作品にも失敗作はある

しかし司馬礼賛者の中には、「わが仏尊し」とばかりに司馬を推奨し、同時代の賢者とか「知の巨人」のように言う人もいるが、こういうのも「言いすぎてはいけない」のである。司馬といえども失敗作や凡作はある。

現代日本には、自分の好きな作家を好きすぎる人たちというのがいて、その作家の作品はすべてすばらしく、一言でも悪口を言うやつは許さないみたいな態度の人たちがいる。その対象となるのが、司馬、筒井康隆、村上春樹あたりになる。司馬と春樹は、批判者も目だってきたし、ファンも少しは分をわきまえてきたようである。

司馬の直木賞受賞作、つまり出世作は『梟《ふくろう》の城』である。これは天下人を暗殺しようとする忍者の話だ。司馬は初期には、忍者や剣豪を描く「忍豪もの」作家であって、その後史実に基づく歴史小説作家になっていくのだが、中には「忍豪もの」を続けるべきだった、と言う人もいる。

私は司馬の忍者ものは、それほどうまいとは思えない。柴田錬三郎の「柴錬立川文庫」は、『真田幸村』や『猿飛佐助』などの連作だが、こちらのほうがエロティックだしずっといい。私は中学一、二年の時、人形劇「真田十勇士」を観ていて、そのもともとの原作であるこれらの作品を愛読していた。

ところが、『梟の城』は、読んだあとに妙に記憶に残らない。篠田正浩監督で映画化もされ、これも観たが、やはり記憶に残らないのである。それで最近、これはやはり失敗作なのだろうと見当をつけた。直木賞受賞作が失敗作だなんて、と思うかもしれないが、そういうことはあるのだ。

丸谷才一は、司馬は徳川時代を停滞の時代として嫌ったが、その徳川時代より、近代を描いたもののほうが失敗していると言っている。私もだいたいそう思うのだが、『歳月』

などは明治ものでも成功したほうだろう。それと私は、あまり長々と書きすぎるとよくないと感じている。『竜馬がゆく』などは人気作品だが、坂本龍馬に感情移入できないと、長すぎてつらく、私は途中で挫折した。『坂の上の雲』は、史料が多すぎてだらだらと長い。だいたい上限で『菜の花の沖』の、文庫版六冊くらいがいいところだと思う。

ところで、私は英文科卒だが、学んだ大学院は比較文学で、四天王と呼ばれる教授たちがいた。そのうち三人が、司馬作品の文庫版解説を書いている。芳賀徹先生は『酔って候』、亀井俊介先生が『峠』、平川祐弘先生が『坂の上の雲』である。亀井先生の『峠』だけが、唐突な感じで、新潟の出身でもない。

その理由は、四天王の師匠で、東大比較文学の創始者の島田謹二（一九〇一―九三）が、『ロシヤにおける広瀬武夫』『アメリカにおける秋山真之』を書いて、『坂の上の雲』の下地を作ったからでもあろう。また『竜馬がゆく』に先んじて、『坂本龍馬と明治維新』を英語で書いたプリンストン大学のメアリアス・ジャンセン（一九二二―二〇〇〇）は、芳賀先生と親しく、先生の推薦で文化功労者になっている。

平川先生は、『殉死』が出た時に、図書委員をしていて、同書の図書室（教養学科図書室であろう）での購入を主張して、他の委員からいぶかしがられたが、押し切って購入したと書いていた。

しかし平川先生は、私が大学院へ入ってほどない一九八九年ころには、司馬の小説はどこまで史実でどこからフィクションか分からないから、知識人の読物ではなくなった、などと言い始めていた。邪推するに、「右傾」していく東大比較文学と司馬との関係が良くなくなった結果ではあるまいか。『殉死』の購入を主張したのも、それが、「右翼」的な先生に気に入ったからだろう。

一方で、司馬は小説家を職業とする売れる作家である。読者層への配慮もあって、自由に言いたいことが言える立場ではなかった。適宜、世間の流れを見ながら発言しなければならなかったのだろう。

「歴史小説の書き方」入門書がないのは？

「小説の書き方」のような入門書は今ではたくさんある。「ミステリー小説の書き方」などジャンルに特化したものもあるが、「歴史小説の書き方」は、ちゃんとしたものはない。「時代小説」になると、類似したものはあるが、これは要するに徳川時代の『時代考証事典』に似たものである。

おそらくはそんな本格的なものを出しても、歴史小説を書こうという人が少なすぎて需要がないからかもしれない。あるいは、文学研究者が書けば歴史学者の目が怖いし、歴史学者はとりあえず歴史小説をバカにしているから、かもしれない。

とにかく、歴史に関して基本的な知識があることは大前提で、さらに結構な質の勉強が必要になる。そのため川端康成など、歴史小説を書くと言いながらついに書けなかった。逆に、純文学や私小説作家として出発してネタ切れになると、歴史小説を書きだす作家もいる。三田誠広や三好京三がそうだが、昔も、田山花袋や近松秋江《しゅうこう》が書いた。

よく「史料」を読んで、などと言うが、普通はまず歴史学者や歴史家の書いた本を読むものである。森鷗外の歴史小説「阿部一族」や「堺事件」など、ネタ本を当時の現代語に直した程度というものもある。鷗外だからそれで通用しているので、今の作家がそれをやったらあまり感心されまい。中には、他人の歴史・時代小説を読んだだけで書いているのではないかというような作品もあるし、文庫オリジナルなのに、よくまあこんなに調べたものだと感心するものもある。特に娯楽性を重視する小説界では、歴史の勉強をするより、奔放な想像力を駆使して書いたほうが評価されたり売れたりする。

歴史小説といえば、かつて書かれたものを無視することはできない。織田信長や西郷隆盛を主人公にして書こうと思ったら、かつての信長や西郷の小説は読まざるをえない。だが、それらを参考にした書いた、などと正直に言ったらバカにされるし、池宮彰一郎のように、司馬の『関ヶ原』などの盗作だと言われて絶版になることもある。もちろん、あるのは知っているが影響を受けないようにあえて読まずに書くというやり方もある。しかし、歴史小説を書こうというような人は、すでにある歴史小説を読んでいるのが普通だから、これは難しく、せいぜい「再読はしない」程度にとどまるだろう。

信長から秀吉、関ヶ原までの歴史などは、何度も小説化、ドラマ化などされているから、歴史好きは、ソラで小説が書けるような気すらする。別に『多聞院《たもんいん》日記』のような当時の公家の日記を参照するまでもないのである。しかし、いざ書き始めるといろいろ疑問が出てくる。私も歴史小説を書く（売れない）が、清洲城で信長の後継者を決めるために会議を開くが、その清洲城は、それまで誰が城代として守っていたのか、とんと分からないのである。

しかし、インターネットの発達で、昔よりずっと調べものは楽になったが、司馬はよく「地方史家に尋ねる」ということを言っていて、実際細かなことは地方史家（郷土史家）とか、地方に特化した研究者の論文などを読まないと分からないことがある。信長の孫で、清洲会議で織田家家督に決められた三法師は、織田秀信として岐阜城主になり、関ヶ原の戦いで石田三成に与したため高野山へ追いやられ、若くして死んだが、この戦いの前に三成が秀信を佐和山城へ呼んで、勝ったら尾張・美濃二国を与えると言った、ということが、司馬の『関ヶ原』に書いてある。ところが、史料を見てもそういうことは出てこないので、これはおそらく司馬のフィクションだろう。

第二章

幕末と「攘夷」

ペリーの来航で始まる「幕末」

幕末は、一八五三年のペリー来航から始まるのが一般的だ。嘉永六年である。しかしペリーは、浦賀湾という江戸の喉首へいきなり現れて幕府を脅したという点で画期的だったのであり、それ以前にも日本に開国や通商を求める西洋列強の来航はあった。特筆されるのがロシヤである。

なお「ロシア」とするのは、英語風の発音で、ロシヤ語風にいうなら「ロシヤ」で、かつてはこちらの表記が一般的だった。島田謹二の『ロシヤにおける広瀬武夫』『ロシヤ戦争前夜の秋山真之』は「ロシヤ」だが、たいてい間違って「ロシア」と書かれている。

ロシヤがまず送り込んできたのは、アダム・キリロヴィチ・ラクスマン（一七六六―?）という若い海軍将校である。彼は、井上靖が『おろしや国酔《こくすい》夢《む》譚《たん》』に描いた、漂流民・大黒屋光太夫を送り届けてきたのだ。光太夫を助けて、エカテリーナ女帝に拝謁させたのは、アダムの父、キリル・ラクスマンである。「キリロヴィチ」は「父称」で、父の名に、男なら「ヴィチ」女なら「ヴナ」をつける。そして人を呼ぶ時に、「アダム・キリロヴィチ」のように父称をつけて呼んだりするので、ロシヤの小説を読むときに、ややこしいと感じさせる。アダム・ラクスマンは蝦夷地の根室へ来航して、光太夫ともう一人の生き残った日本人漂流民を渡し、日本との通商を求めた。老中首座・松平定信の時代だが、定信は信牌《しんぱい》を渡して、これを持って長崎に来るようにと言った。

ロシヤから日本へ来るのには、北極海を通るわけではない。清国・沿海州の、ウラジヴォストークから来るか、日露戦争の時のバルチック艦隊のように、アフリカ南端から回ってくるか、である。

長崎に通商を求めて来たレザノフ

それから十年後、ロシヤの皇帝はアレクサンドル一世に代わっていた。エカテリーナの後を継いだのはパーヴェル一世だが、ほどなく暗殺されていた。この時、長崎へ来たのが、ニコライ・ペトロヴィチ・レザノフ（一七六四―一八〇七）である。

当時、アラスカはロシヤ領で、ロシヤのアメリカと呼ばれていた。そこで通商を行う露米会社というのがあり、その社長の娘が、レザノフの妻だった。妻はすでに死んでいたけれど、その関係もあって、レザノフは通商を求めてきた。クルーゼンシュテルンという、当時最も精細な、ただし間宮海峡だけが曖昧な世界地図を作った人物で、航海家であり、この人がレザノフを日本へ連れてきたのである。だが長崎では上陸も許されず、ナデジュダ号という船の中で数か月待たされたあげく、またも拒否された。

この時のレザノフの日記が、『日本滞在日記』として、大島幹雄の訳で岩波文庫から出ている。ここで、レザノフに同情し、日本の開国を願う二人の通詞が、幕閣では「ウネメ」が実権を握って開国を認めない、とレザノフに話している。これではスパイ行為である。ウネメとは老中の戸田采女正《うねめのかみ》氏《うじ》教《のり》のことである。しかし、戸田氏教が退任しても開国へと動くことはなかった。

徳川幕府の政治は、主に老中によって行われた。将軍は対外的には日本の君主で「タイクン（大君）」と呼ばれた。中には家康、綱吉、吉宗、慶喜などリーダーシップを発揮した将軍もいたが、おおむねは老中で、老中は譜代大名の中から選ばれた。家康四天

ニコライ・ペトロヴィチ・レザノフ（1764～1807）ロシア帝国外交官。極東やアメリカ大陸進出に関わる。クルーゼンシュテルン世界一周航海で日本へ。

王と呼ばれたのが、井伊直政、榊原康政、本多忠勝、酒井忠次だが、井伊家は大老の家柄になり、榊原家は家格が高すぎて老中にもなれなかった。

「バカ殿」というのは、明治以後の想像で、現実にバカ殿というのは徳川時代にはあまりいなかった。愚昧なら廃嫡して他から養子を迎えたし、藩主に愚行があれば「主君押し込め」として家臣らが封じ込めたからである。老中というのは、その中から優秀な者を選んだので、一般的な意味でのバカはいない。シナには科挙制度があるから、学問に優れていないと政治家にはなれなかったが、日本もそれほどバカな者が政治をやっていたわけではない。

レザノフを罵っている司馬の『ロシアについて』

さて、拒否されて怒ったレザノフは、のちに、フヴォストフとダヴィドフという部下に、ユノーとアウオスという二隻の船を与えて、日本の北辺を襲撃させた。樺太南端と択捉島《えとろふ》を襲撃したのである。この時択捉島に詰めていたのが間宮林蔵で、のち樺太を探検して間宮海峡を発見することになる。

司馬には『ロシアについて』という中編随筆があり、読売文学賞を受賞している。

司馬は、このなかでレザノフを口を極めて罵っている。

（クルーゼンシュテルンはレザノフを）国家のためにいかがわしく思い、かつ好まなかった。レザノフは、いやな野望をもつ、いやな男だった。

クルーゼンシュテルンは、このレザノフという、子供っぽい皮膚と唇の薄い容貌をもち、どこかヒステリックな未婚女性を思わせる貴族について、内心、国賊のようにきらっていた。

ここは、「ヒステリックな未婚女性」というものについての司馬の感懐のほうが前面に出てしまっているように思うが、これは後回しにする。

ロシアについて―北方の原形

『ロシアについて』文藝春秋社／文春文庫／全一巻
初出　1986年6月～「文藝春秋」
読売文学賞受賞。隣国・ロシアの歴史を検証し、
ロシアという国の本質に迫る評論集。

レザノフのその後は、線香花火が最後によわよわしく火を散らして消えるようにあわれであった。失意と焦燥が、かれの思慮を狂わせた。かれは、日本に、〝糞ったれめが〟といったような、汚い、あるいは子供っぽい、さらにいえば無頼漢めいた衝動的な報復を考え、げんにそれをやった（略）。

　またその暴挙のあと、気がさっぱりした、ということにならず、逆に後悔が自分自身を責めさいなんだ。本来、気の弱い男だったのである。さらにはその暴挙について真向から否定的だったペテルブルグの宮廷と政府から責任追及されることからのおびえなど、すべての精神と行動において健常さをうしない、陸路首都にむかう途中、消えるように病歿した。

レザノフのロマンスをなぜ、書かなかったのか？

　司馬は、そのあとシベリアを渡ってサンクトペテルブルクに帰る途中でレザノフが死んでしまったことを書きながら、その前のレザノフの「ロマンス」については何も書いていない。

レザノフは長崎を離れてから、アラスカのノブオアルハンゲリスクをへて、当時イスパニア領だったカリフォルニアに行き、そこの総督の娘のコンセプシオン（コンチータ）と恋におちる。だがレザノフはロシヤ正教徒で、コンチータはカトリックだったため、結婚の許可を得るためにロシヤの首都に帰る途中で、四十二歳で死んでしまうのである。北日本への襲撃を後悔していたとか、自殺だったという説とかがあるが、いずれも確証はない。

日本を襲撃したフヴォストフとダヴィドフは、皇帝の許可なしに行ったことであるために処罰を受けており、牢から出たあと、橋から落ちて死んだともいう。

この時のレザノフの部下の日本襲撃がもとで、のちにゴロヴニン事件が起きるので、レザノフの評判はロシヤでも悪かったのだが、ソ連が解体してロシヤが復活したあたりから再評価がなされ、レザノフを主人公として、恋敵と決闘するみたいな「ユノーとアウオス」というロックオペラが作られて人気がある、という。

オペラのことまでは司馬没後のことだから知らなかったかもしれないが、カリフォルニアでのロマンスは調べれば分かったはずで、にっくきレザノフのロマンスなど書きたくなかったのかもしれない。気になるところである。

『菜の花の沖』とゴロブニン事件

さて、レザノフの部下による択捉島襲撃事件に、下僚としていあわせた間宮林蔵は、常陸国の農民の出で、その数学的な才能を見出されて幕府に仕えた。伊能忠敬に師事して、蝦夷地の測量をおこない、その後幕吏の松田伝十郎が樺太を探査するのに随行する。伝十郎とともに、樺太と大陸の間に海峡があるのを確認している。林蔵は、その後一人でさらに樺太奥地へ入り、大陸へ渡って探査をしてきた。

沿海州は、もとは清の領土だったが、北京条約（一八六〇）によってロシヤに割譲され、現在もロシヤ領である。ロシヤは東方への進出を進めており、林蔵はそのことをひしひしと感じ、ロシヤの脅威を知った。

そんな中でゴロヴニン事件が起きる。ロシヤ人のディアナ号艦長ヴァシリー・ミハイロヴィチ・ゴローニン（ゴロヴニン）（一七七六—一八三一）が、日本への侵略の手先と見なされて捕縛された。特に日本では、レザノフの部下たちの襲撃事件を恨みに思いロシヤを疑っていた。ロシヤ側では、あの襲撃事件がロシヤ皇帝の意図から出たのではないと説明し、ゴロヴニンの釈放を訴えたが、日本側はきかなかった。特に強硬にゴロヴニンの解放に反対したのが林蔵である。

ディアナ号副艦長のピョートル・イヴァノヴィチ・リコルドは、オホーツク海で商人高田屋嘉兵衛の観世丸を拿捕し、嘉兵衛をカムチャツカへ連れ去って、ゴロヴニンとの交換を画策する。しかし嘉兵衛が、幕府とリコルドの双方を説得して、ゴロヴニンの釈放をかちとり、帰国する。

この高田屋嘉兵衛（一七六九―一八二七）を主人公とした長編が『菜の花の沖』である。嘉兵衛は事件当時四十三歳である（数え四十四）。淡路島に生まれ、一代で廻船《かいせん》業を成功させた人物で、ゴロヴニン事件での活躍で知られる。

『菜の花の沖』は円熟した作品だが、しかし、実際より嘉兵衛を美化して描いているところがある。嘉兵衛には妻のほかに数人の妾がおり、時には二人の妾を船に乗せて航海していたという話もあって、事実らしい。だから、この作品がドラマ化された時、脚本の竹山洋は、そのことに触れて、嘉兵衛の妻が精神を病んでしまうさまを描いていた。

『菜の花の沖』からとって、司馬の忌日が「菜の花忌」と呼ばれているほどで、これは円熟した作と見られており、異論はない。ここで司馬は、農本主義的な徳川時代の庶民世界に、資本制が浸透していくさまを描いている。時代小説というのは、天保期あたりの江戸を舞台とすることが多く、捕物帳を除くと、遊里や浮世絵の世界を描くものがわりとあるが、それらは司馬が嫌った停滞した江戸の産物だから、そういうものは描かなかった。とはいえ、ミスもある。司馬にも間違うことはあって、初期の短編「雑賀の舟鉄砲」に、「顕如《けんにょ》上人のような皺ばんだ老人をまもる戦さには情熱はもてなかったが」とある。これは別所長治《べっしょながはる》の三木城での戦いに参加した雑賀市兵衛という多分架空の男が主人公だが、当時の本願寺顕如はまだ三十を少し出たあたりである。

現代日本では、一九八〇年代以来、「江戸ブーム」というものがあり、現在でもある意味で続いている。八〇年代の江戸ブームは、近世後期の都市文化の爛熟を、パルコ文化やバブル経済に重ね合わせたもので、軽薄な部分も少なくなかった。

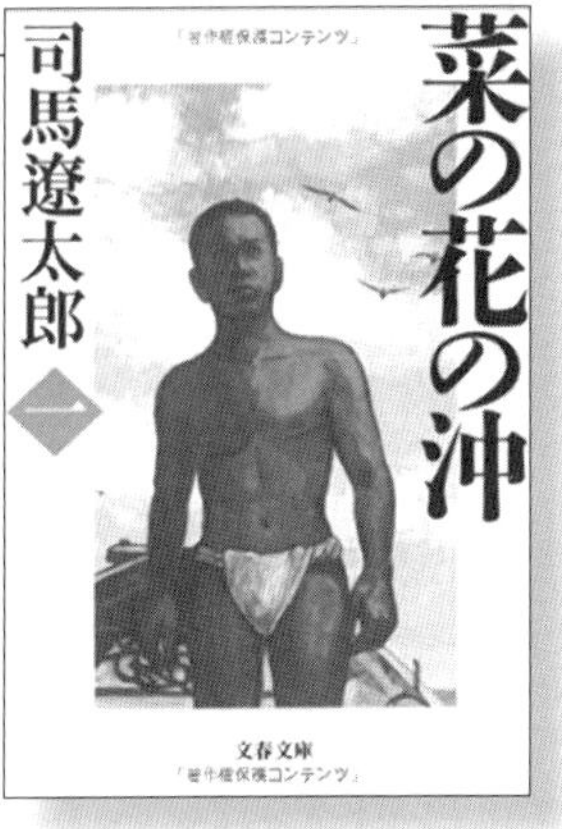

菜の花の沖

『菜の花の沖』文藝春秋社／文春文庫／全6巻
初出　1979年4月～「サンケイ新聞」
ゴロブニン事件でロシアに囚われ、事件の解決に活躍した商人・高田屋嘉兵の国際感覚が分かる。

ヨーロッパにおいては、市民階級が成熟し、これがフランス革命などを起こして民主主義への道をたどり、ルネッサンス以来の科学が爆発的に発達して近代にいたった。しかし日本の商人は、富裕にはなったが、そのような政治的目覚めはなかった。

徳川時代は、もとより身分社会である。ただし、士農工商という意味での身分社会というとらえ方では、認識を誤る。むしろ、武士と庶民の双方に、ピンからキリまであったと見るのが正しい。武士も上は将軍、大大名、小大名から、下は旗本、陪臣、そして浪人や下層武士というのがいた。貧乏旗本というのもあったが、下層武士というのは、裕福な旗本の家来として、あちこちの家を渡り歩く、今でいう「派遣社員」のようなもので、もちろんうまく一つの家に勤務し続けることもあったが、しばしば解雇されて別の主人を探さなければならなかった。読本《よみほん》作者として知られる曲亭馬琴の家は、まさにこの下層武士だった。

庶民のほうも、農村なら豪農、漁村なら網元、都市部なら豪商といった裕福な層があり、下のほうには水呑み百姓、裏店の下層町人までがいた。「江戸ブーム」というのは、だいたいこの豪商層が、徳川期（司馬はよく「江戸期」と書いた）の代表的人物だと見なしたものである。「昔は良かった」式の議論は、だいたい昔の富裕な階層だけをとらえて言われているもので、自分が昔に生まれていたら当時の悲惨な貧乏人だった、とは考えないものである。

「江戸ブーム」の一端を担ったと見なされがちなのが、梅原猛が作った国際日本文化研究センターの教授を務めた芳賀徹である。ローマ帝国時代を評した「パックス・ロマーナ」に倣って「パックス・トクガワーナ」とか「パックス・エドーナ」といった言葉を作った。だが、実際に芳賀が好んだのは、蘭学者であり、平賀源内であり、司馬江漢《こうかん》でありといった具合に、近世後期にあって、近代への胎動を担った人物であり動きであって、歌舞伎や浄瑠璃といった停滞のなかに生まれた文化には、さほど興味はなかった。芳賀の近著『文明としての徳川日本』（筑摩書房）は、エッセイ集だが、これを見るとそれがよく分かる。

徳川時代を評価していなかった司馬

司馬は、鎖国政策をとった徳川時代を評価していなかった。家康を簡潔に描いた『覇王の家』のあとがきに、こうある。

かれ（家康）がその基礎を堅牢に築いて二百七十年つづかせた江戸時代というのは、むろん功罪半ばする。文化文政時代という特異な文化や、教養の普及という点で代表されるように功も大きかったかもしれないが、天文年間から慶長年間にかけての日本人にくらべ、同民族と思えぬほどに民族的性格が矮小化され、奇形化されたという点では、罪《ざい》のほうに入るかもしれない。室町末期に日本を洗った大航海時代の潮流から日本をとざし、さらにキリスト教を禁圧するにいたる徳川期というのは、日本に特殊な文化を生ませる条件をつくったが、同時に世界の普遍性というものに理解のとどきにくい民族性をつくらせ、昭和期になってもなおその根を遺しているという不幸もつくった。

司馬が徳川時代全体に否定的であることに、私は同意する。徳川時代文化は、阿部次

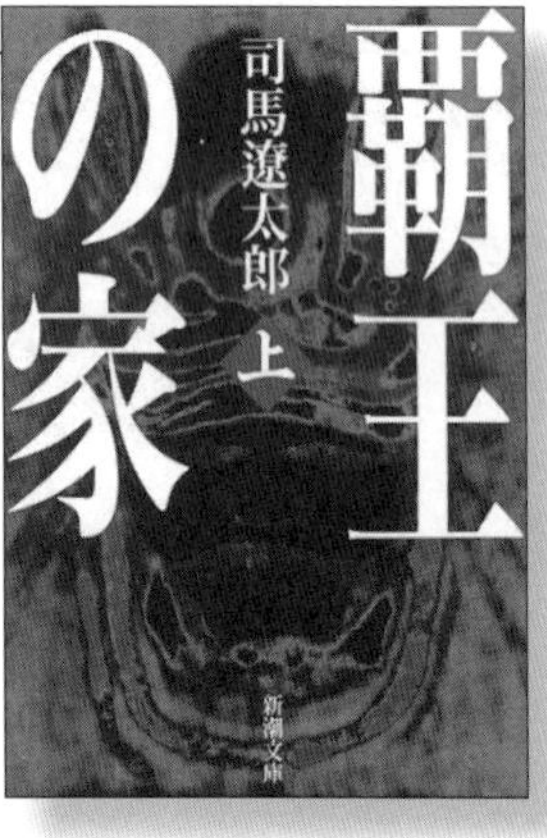

覇王の家

『覇王の家』　文藝春秋社／文春文庫／全2巻
初出　1970年〜「小説新潮」
小牧・長久手の戦いの頃までの家康の人生。司馬は「英雄譚を書くつもりはなかった」という。

郎が『徳川時代の藝術と社会』で指摘したように、あるいは谷崎潤一郎が「所謂痴呆《いわゆるちほう》の藝術に就て」で述べたように、自ら権力を握りえなかった町人の、ひねこびた文明である。

司馬は、大阪人でありながら、近松門左衛門や西鶴の文藝にさしたる評価を与えないが、それも見識だと思う。

転換点となったペリーの来航

さて、いよいよ転換点となるペリーの来航が訪れる。

マシュー・ペリー（一七九四―一八五八）は、それまで日本に通商を求めた国々が、蝦夷地や長崎へ行ったのが失敗のもとで、江戸の喉首へ行って脅すしかないと考えた。ペリーはすでに六十歳近い提督で、二度目の来航から六年後に、咸臨丸で勝海舟や福沢諭吉が渡米した時にはすでに死んでいた。

しかしペリーの艦隊は、太平洋を渡ってきたのではない。米国東海岸から出港して、喜望峰を回ってきたのである。インド艦隊である。また、「黒船」は蒸気船で、「太平の眠りをさます上喜撰《じょうきせん》　たった四《し》はいで夜も眠れず」と狂歌に歌われている。「上喜撰」は茶の銘柄だが、ペリー艦隊四隻のうち、蒸気船は二隻、あと二隻は帆船であった。蒸気船は当時の西洋でも最新の船だったのである。

当時の幕閣は、老中首座が備後福山の阿部正弘（一八一九―五七）で、まだ三十代の若さである。江戸の喉首に西洋の艦隊が来ると危険であることは、林子平《しへい》の『海国兵談』にも書いてあり、知識人には知られていた。なお岩波文庫から全四冊の『ペルリ提督日本遠征記』が出ているが、これはペリーが書いたのではなく、副官のホークスが編纂したものである。

幕閣ではペリーと交渉して、来年もう一度来てほしいと伝え、それまでに協議すると言って時間稼ぎをした。ペリーは琉球に寄港し、八カ月後に戻ってくる。

病弱な家定で浮上した将軍継嗣問題

その間に、十二代将軍家慶が死去し、家定が後を継ぐという事件が起きていた。家定は、病名は定かではないが脳病で、言語不明瞭のみならず、知能も十分になかったようである。正室は二度死んで、薩摩の篤姫を近衛家の養女にして正室にしていた（天璋院）が、おそらく夫婦生活はなく、継嗣は望めなかった。

大塚ひかりの『女系図でみる驚きの日本史』（新潮新書）では、徳川十五代将軍のうち、母が正室だったのは、家康、家光と慶喜の三人だけだとある。徳川将軍家が、天皇家に対する藤原氏のような外戚を作らないようにしたのは確かだが、正室は藤原氏から迎えることにしており、足利将軍ならば同じ京都だが、公家の娘が江戸まで下ってきて、大奥で孤立し、精神的に不安定で、出産で死んでしまったりした結果であろう。

しかも家定は病弱なので、次の将軍継嗣がここで問題になり、候補としてあがったのが、水戸家徳川斉昭の七男で一橋家へ養子に出た慶喜《よしのぶ》、紀州家の当主でまだ少年の慶福《よしとみ》だった。尾張徳川家の当主・慶勝は三十歳だったが、候補にされなかった。八代吉宗以来、紀州家が徳川将軍の地位をうかがうことが多く、また徳川斉昭は烈公と呼ばれて尊王派の学者としても名高く、有力大名に崇拝者が多かった。慶喜は、家康以来と言われるほど頭が良かったため、衆望を担っていた。

攘夷という思想と中華思想

ところが、ペリー来航でにわかに「攘夷」という思想が擡頭する。のち「尊王攘夷」と四字熟語になるが、幕末以後、やたらと政治に関して四字熟語が使われるようになる。「大政奉還」「王政復古」「版籍奉還」「廃藩置県」などで、昭和になると「八紘一宇」が現れる。「攘夷」というのは日本でできた言葉らしい。

それは、当時の「中華思想」とも関係がある。

「中華思想」というのは、自国が世界の中心で、周辺諸民族は野蛮人だという考え方である。中華思想は朝鮮やベトナムにも波及しており、朝鮮通信使の中には、日本を野蛮国と見なしてバカにする者もあった。儒学の浸透度が、朝鮮のほうが高かったからである。ベトナムではキン族中心主義があり、カンボジアやラオスの民族を侮蔑するところがあった。ヨーロッパにも中華思想はあり、古代ギリシア人は、ギリシア語を話さないアナトリア（トルコ）あたりの民族をバルバロイ（野蛮人）と呼んだ。

さらにローマ帝国がヨーロッパの中心になり、以後ルネッサンスまでラテン語が規範言語となり、ドイツに成立した神聖ローマ帝国は、ローマにないのにローマ帝国を名のったが、東ローマ帝国はギリシアの後継者として存在したから、敵対することもあった。

キリスト教はイスラエルのユダヤ人の間から生まれたもので、キリストはユダヤ人だが、ローマ帝国にキリスト教が浸透し、あとを襲ったゲルマン民族（これももともとは野蛮人扱いだった）もキリスト教化すると、これとは異なるユダヤ人を迫害するようになるのだから、実に業の深い話である。

十七世紀から十九世紀までは、文化の中心となったのはフランスで、ロシヤの貴族はフランス語を話し、いわゆるクラシックの音楽家の共通言語はフランス語だった。英国は植民地獲得で他国を凌いだが、美術や音楽で傑出しなかったせいか、「中華」にはならなかった。英語が世界共通語になったのは、米国が擡頭《たいとう》したからである。

本来の皇帝は天皇であり、将軍ではない

中華帝国で、東夷《とうい》・南蛮・西戎《せいじゅう》・北狄《ほくてき》としたものだが、この当時の大陸は満州族の皇帝のいる清朝であり、日本では、蛮族の支配する清国はすでに中華帝国ではなく、中華は日本に移ったという考え方が出ていた。

さらにその本来の皇帝は天皇であって将軍ではない。こういう考え方が、徳川家の一族である水戸藩から出たところが不可思議である。水戸黄門として知られる徳川光圀《みつくに》は『大日本史』を編纂したが、これは南朝を正統としたから、南朝の後亀山天皇までで終わっている。また当時の若い知識人は、頼山陽《らいさんよう》の『日本外史《にほんがいし》』を愛読していた。源平合戦以来の武家の歴史を荘重華麗な漢文体でつづったものだが、特に尊王思想を鼓吹《こすい》して

はいない。尊王家といえば、高山彦九郎や蒲生君平《がもうくんぺい》が名高い。六代将軍に仕えた新井白石は日本史を『読史余論《とくしよろん》』にまとめたが、これは南朝の北畠親房の『神皇正統記』と概略は変わらず、天皇や上皇と戦った北条義時や足利尊氏を逆賊と位置付けている。しかし、武家政権はみないけないというのではなく、北条泰時だけは名君としているのだ。

では徳川家はどうかというに、初期徳川将軍は、禁中 並《きんちゅうならびに》 公家諸法度《くげしょはっと》で皇室を縛り、紫衣《しえ》事件で後水尾院の面目をつぶして、ために後水尾院は譲位するなど、さんざんに皇室を抑圧してきたし、宝暦事件や明和事件では、竹内式部《たけのうちしきぶ》ら尊王家の行動を処罰している。

つまりどう考えても徳川将軍の権力は正当化できないところへ、水戸家から出てきたのが尊王論なのだ。慶喜を将軍にするのは危険きわまりないのである。事実、のちに鳥羽・伏見の戦いの時に、薩長（官軍）が錦旗《きんき》を掲げたことで慶喜は参ってしまい、家臣らを置き去りにして大坂から船で江戸へ帰ってしまい、恭順・謹慎する。維新の成立のために手を貸したともいえるので、幕府側からしたら、やはり水戸の子だということになるだろう。

井伊直弼の登場

さて、ここに登場するのが井伊直弼（一八一五―六〇）である。直弼は、家康四天王の一人・井伊直政の子孫で、彦根藩主・直中《なおなか》の十四男に生まれた。徳川時代には、次男以下の運命は、庶民なら生涯娶《めと》ることもできず長兄の手伝いをして過ごすか、大大名の家なら他家へ養子に出るか、であった。しかし十四男ともなると養子の口さえなく、彦根城内の埋木舎《うもれぎのや》と名づけた小さな家で、学問や茶の湯にいそしむつつましい生活を三十過ぎまで送っていた。

家督は兄の直亮《なおあき》が継ぎ、幕府の大老を務めていたが、直亮が養子に迎えた下の兄が病死したため、突如直弼は井伊家家督を継ぐことになり、江戸の屋敷へ移り、さらに直亮が病死したため井伊家当主となる。

井伊直弼（1815～1860）11代彦根藩主の14男として生まれる。兄・直元の急死で13代彦根藩主。桜田門外で暗殺。享年46歳。©アフロ

意書を提出。その後、細川越中之守邸他に移され、その折に家臣に求められ桜田門乱闘（上図）を描く。文久元年 7 月 26 日に処刑。提供／茨城県立図書館

徳川時代の大名には参勤交代があり、正室と嫡男は人質として江戸に止め置かれたから、多くの大名は江戸育ちで、江戸言葉で話す。代々江戸屋敷詰めという家臣もいるから、こういうのは地方大名の家臣でも江戸っ子なのである。地方大名だから方言でしゃべる、などというのは間違いである。地方育ちでも、武士には武士の共通語としての武家言葉というのがあるので、西郷隆盛と勝海舟が対話しているが、別に西郷が薩摩言葉丸出しでしゃべったわけではない。青森と薩摩の人間は言葉が通じないなどというのは、庶民の話である。

ところでこの「大老」だが、のち直弼が

「桜田門外之変図」　画／蓮田市五郎　水戸藩脱藩者•蓮田市五郎は斎藤監物を頭として井伊直弼の駕籠を襲った。自らも傷を負いながら老中脇坂侯の邸へ行き、趣

大老となって専権を揮ったことから、老中より上の権力があると思っている人もいるだろう。だがもともと大老というのは、徳川時代初期に土井利勝、酒井忠世《ただよ》などの功臣が、老中を隠居してなったもので、吉宗の時代以後は、井伊家の当主が時おり務める名誉職だった。たまたま直弼が権力をふるったため、「大老」が老中以上の権力者のように思われただけである。井伊家からは老中は出ていない。大老の家柄だからである。

なお豊臣秀吉の死後、家康、前田利家ら「五大老」ができたとされているが、この呼称は徳川時代につけられたものらしい。四代将軍家綱時代に酒井忠清、五代将軍綱吉時代に堀田正俊が老中から大老に昇格しているが、堀田が江戸城内で稲葉正休《まさやす》に刺殺されて以後は、柳沢吉保が「大老格」になっただけで、あとは井伊家の名誉職である。

さて直弼には、長野主膳（一八一五―六二）という腹心がいた。もとは長野主馬《しゅめ》という国学者で、直弼と同年だが直弼が師事しており、直弼の襲封《しゅうほう》後に正式に井伊家家臣となる。

井伊直弼を激語で評した司馬

司馬は、井伊直弼をどう見ていたか――。初期の連作短編集『幕末』の巻頭にある「桜田門外の変」で、こう書いている。

井伊は政治家というには値いしない。なぜなら、これだけの大獄をおこしながらその理由が、国家のためでも、開国政策のためでも、人民のためでもなく、ただ徳川家の威信回復のためであったからである。井伊は本来、固陋な攘夷論者にすぎなかった。だから、この大獄は攘夷主義者への弾圧とはいえない。なぜなら、攘夷論者を弾圧する一方、開国主義者とされていた外国掛の幕史を免黜《めんちゅつ》し、洋式調練を廃止して軍制を「権現様以来」の刀槍主義に復活させているほどの病的な保守主義者である。

この極端な反動家が、米国側におしきられて通商条約の調印を無勅許で断行し、自分と同思想の攘夷家がその「開国」に反対すると、狂気のように弾圧した。支離滅裂、いわば精神病理学上の対象者である。

驚くべき激語である。これが発表されたのは一九六三年一月号の『オール讀物』だが、その年四月からは、NHKの大河ドラマ第一作として、舟橋《ふなはし》聖一原作で直弼を主人公とした「花の生涯」が放送されるから、舟橋との間に何かあったのかと思わせる（なお舟橋は司馬の直木賞受賞当時は芥川賞選考委員）。

いくら何でもこれは言いすぎである。そもそも、直弼が大老の時、病気の将軍家定のために、伊東玄朴《げんぼく》、戸塚静海《せいかい》の二人が蘭方医として初めて奥御医師《おくごいし》に任命され、さらに竹内玄同《たけのうちげんどう》らの蘭方医が登用されたのである。また「花の生涯」の放送は、安保条約の改定から三年後で、井伊を岸信介に見立てたともいえるので、司馬は岸が嫌いだったのかもしれないなどと臆測をさせる。

のちの『世に棲む日日』では、直弼についてこう書いている。

直弼は、世間では赤鬼といわれた。

このとほうもない果断家は、かれの政治的冒険心のいっさいを賭けて、幕府権力をペリー以前の姿にするか、もしくはそれ以前の絶対的権力にしたてあげようとした。直弼の滑稽さは、その方法を、検察力のみにたよったことであった。

司馬は、「滑稽」な人物を必ずしも憎んでいない。村田蔵六(大村益次郎)や司馬凌海(『胡蝶の夢』)のような奇人を、愛して描いている。だが、ここでの「滑稽」には、憎悪しかない。

米国はじめ西洋列強と戦争をするわけにはいかない、だから条約を結ぶ、そして攘夷派のテロリストになりそうな者を処刑する、これが当時の幕府首脳として、どこかおかしいだろうか。現に攘夷派の動きはこの後さらに激化するのである。私は司馬に、では直弼はどうしたらよかったのか、聞いてみたい。司馬は、攘夷派なのか……。

「難解な」幕末の始まり

幕府は、ペリー艦隊に脅されて、日米和親条約を結んだ。それを見て西洋諸国は次々とやってきては日本と条約を結ぶことになる。これでわっと騒ぎ始めたのが「攘夷」派で、水戸の徳川斉昭（一八〇〇—六〇）を筆頭に、越前の松平慶永（春嶽）（一八二八—九〇）や薩摩の島津斉彬（一八〇九—五八）らが動き、吉田松陰、梅田雲浜《うんぴん》、頼三樹《らいみき》三郎《さぶろう》らが尊王攘夷の志士として動く。老中筆頭の阿部正弘は斉昭に近かったから、直弼はこれを退けて自分に近い堀田正睦を老中主座にし、阿部はそれからほどなく若くして死んでしまう。

ここで「難解」な幕末が始まる。この難解さの象徴が島津斉彬と久光の兄弟ではなかろうか。

いったい、斉彬は「開国」派なのか。斉彬は、開明的な大名として知られ、勝海舟とも面談しているし、洋式の技術を盛んに取り入れていた。この安政期、御庭番であった西郷吉之助を関西へ派遣して運動させているが、安政の大獄が始まると、自ら軍を率いて江戸へのぼろうとし、その際に病気で急死してしまう。

西郷は、攘夷派の僧・月照《げっしょう》（一八一三―五八）とともに薩摩へ逃げてくるのだが、斉彬が死ぬと、その弟久光（一八一七―八七）の息子・忠義（茂久《もちひさ》）が藩主になっている。これも、因縁が深い。

久光の母は、父・島津斉興の側室・お由羅である。お由羅は、自分の子・久光を藩主にしようとし、そこから薩摩藩内の抗争が起こって、斉彬派の家臣が処罰されている。大久保利通の父も、それで遠島になっている。この「お由羅騒動」を伝奇的に描いたのが、直木三十五《さんじゅうご》の『南国太平記』である。

ところが、当の久光が、何を考えていたのかよく分からないのである。司馬は久光については「きつね馬」という短編を書いていて、いくらかは凡庸な人物とされているが、兄との関係はよく分からない。明治維新のあと、島津幕府を開くつもりでいたら、そうはならず、不満を抱き、西郷を憎んでいた。政府は久光を宥めるため左大臣に任命したが、薩摩を離れず、廃藩置県か版籍奉還の際に花火を打ち上げて不満を漏らしたという。

そして、西郷と月照が薩摩へ逃げてくると、斉彬死去後の薩摩藩は二人をかくまおうとしなかったから、二人は錦江湾《きんこうわん》に身を投げ、月照だけ死んで西郷は生き残り、遠島になっている。だが西郷が月照と行をともにしていたなら、斉彬の命で「攘夷」活動をしていたことになる。なお長州に当時、月性《げっしょう》という攘夷派の僧がいたので、まぎらわしい。

島津斉彬と久光

西郷隆盛が大河ドラマの主役になった、一九九〇年の、司馬原作「翔ぶが如く」に、こんな場面があった。若き西郷吉之助（西田敏行）が、尊敬する島津斉彬（加山雄三）のお庭番となって、攘夷派の頭目・水戸斉昭の家臣だった藤田東湖《とうこ》の話を聞きに行く。東湖の尊王攘夷論に感銘を受けた西郷が、薩摩屋敷へ帰ってきて斉彬にこれを興奮ぎみに話すと、斉彬は、「ふふふ……やはりかぶれてきたか」と言い、「吉之助！」と声を励まし、攘夷論の非であることを諄々と説く。

この場面は、加山雄三の斉彬がはまり役だっただけに印象に残る。これは池田俊彦『島津斉彬公伝』（中公文庫）にある、西郷が斉彬に、蘭癖をおさえたほうがと言ったところ斉彬から説教された場面を脚色したものだ。司馬の原作は明治維新後からだ。

私は、幕府が今は西洋の軍事力に勝てないと観念して条約を結んだのは正しい選択だと思う。また井伊らが慶喜後継を忌避したのは、斉昭の子を将軍にしたら攘夷になってしまうからである。斉昭は、米国総領事タウンゼント・ハリスが下田に来ると、斬り殺してしまえと言うような過激攘夷派だった。

島津斉彬が死ぬと、久光の子が藩主となるが、久光は藩主格としてふるまった。この久光は、保守派でいささか愚かな人物として描かれることが多い。だが、生麦事件は積極的な攘夷ではなく偶発事件だし、久光は池田屋事件で藩内の攘夷派を処分している。むしろ反攘夷派としてふるまったのだ。それに対して、斉彬の動きは攘夷派に近すぎる。

鹿児島出身の海音寺潮五郎は、久光を「保守派」と呼んでいるが、全体としてはそうかもしれないが、一般的には、斉彬や春嶽は幕政改革を目指し、久光もそれを継いだということになっており、一橋慶喜を次期将軍に推したのもその一環として説明される。だが慶喜も、井伊のハリスとの条約締結に怒って江戸城へ押しかけ、蟄居処分《ちっきょしょぶん》を受けて

島津斉彬（1809〜1858）　鹿児島藩主。藩政改革、富国強兵を推進。将軍継嗣問題で一橋慶喜を擁立し、井伊直弼と対立。提供／尚古集成館

いる。これは司馬の『最後の将軍』に書いてある。慶喜を次期将軍に推すことと、攘夷との関係は、斉彬や春嶽の頭の中でどうなっていたのか。

斉彬が急死したために、その後起きたことはみな久光のせいにされているが、そもそも安政五年（一八五八）の時点で薩摩が上府して幕府軍と戦うというのは無謀だろう。この斉彬の軍事計画については諸説あるが、幕府から見て暴挙であるのは間違いない。維新後、久光は「島津幕府」を作るつもりだったなどと言われるが、もしまだ斉彬が藩主だったら、それこそ西郷は島津幕府を作って斉彬を将軍にしたかもしれない。そして実際、西郷は自分が担ぎ上げられる状態を作って西南戦争を起こした。

だが、松尾千歳《ちとし》の『島津斉彬』（戎光祥出版）を見ると、斉彬の書簡などから、斉彬が開国はすべきだし、将軍継嗣が慶福に決まったのもや

最後の将軍

『最後の将軍』文藝春秋／文春文庫／全1巻
初出　1966年6月～「別冊文藝春秋」
非凡なる才能を持ちながら、江戸幕府最後の将軍となった徳川慶喜の悲運ともいえる一生。秋山好古・真之兄弟と正岡子規の3人が、司馬が「楽天的な時代」という明治を生きる。

むなしと見ていたことが分かる。松尾は、斉彬は家臣らに自分の意見を十分理解させられなかったと書いている。斉彬が慶喜を推し、春嶽が斉昭とともに行動したのは、幕府改革派としてまとまる必要があったからだろう。だが、斉彬は「攘夷」というもののエネルギーの巨大さをはかり損ねていた観がある。

安政の大獄

そして、安政五年、安政の大獄が始まる。

攘夷派は、英国公使館焼き討ちや、水戸天狗党、大和天誅組などが輩出し、「天誅」と呼ばれるテロ行為を行うようになった。安政の大獄の時にテロを計画したのは吉田松陰で、阿部正弘のあと老中になり京都へ下った間部詮勝《まなべあきかつ》（一八〇四―八四）の暗殺を企てるが、弟子たちと長州藩が反対したため未遂に終わった。またこの間、朝廷から水戸藩に対して密勅が下っている。

松平春嶽の家臣の橋本左内は攘夷派ではなかった。だが安政の大獄で処刑されているから、直弼は攘夷派だけを処刑したのではない、とも言われる。しかし、松平春嶽は、水戸斉昭、尾張の徳川慶勝とともに江戸城に押しかけて井伊に処罰を受けている。攘夷派でないならばなぜ春嶽や斉彬は、水戸斉昭と行動をともにしたのか。これもまた、「ややこしい幕末」である。

直弼は必ずしも開明家ではない。老中の岩瀬忠震《ただなり》は蘭癖と言われた洋学派だったが、直弼に退けられている。

司馬は「無勅許で断行し」と書いているが、これは尊皇派の言い分である。そもそも徳川幕府は、日本の政治の全権を朝廷から委ねられているというのが建前で、他国と条約を結ぶのに勅許などいらないのである。それを、朝廷を持ち出して、勅許を得よと言ったのが攘夷派で、のち慶喜が「大政奉還」をするが、他国との条約に勅許が要るなら、奉還すべき大政など幕府は持っていないことになる。

松平春嶽（慶永）（1828～1890）
福井藩主。藩政改革を推進し、当初は攘夷派だったが、のち積極開国論に。戊辰戦争時は徳川家擁護に尽力。国立国会図書館

『花神』に、『福翁自伝』からとった逸話がある。もともと大坂の緒方洪庵の適塾で学んだ仲間である福沢諭吉は、洪庵が五十代で急死した際、大村益次郎に、長州の攘夷の

ばか騒ぎはどうだ、と話しかけると、大村が色をなして、どこがばか騒ぎだ、と反駁したので、福沢は他の仲間に、大村は攘夷家になってしまった、と話したという。

司馬は冷静に、攘夷家たちは、鎖国というのがたかだか二百年前に徳川幕府が始めたものであることを知らず、日本開闢《かいびゃく》以来の祖法《そほう》だと思っている、と書いている。

右翼がもてはやす吉田松陰

吉田松陰という人物は、伊藤博文や山県有朋《ありとも》ら明治の元勲たちの師匠であるため、明治期に持ち上げられたが、のちにはもっぱら「右翼」がもてはやすようになる。大正九年（一九二〇）に、歌舞伎座で中村吉蔵の「井伊大老の死」を上演しようとした際、水戸派の右翼から脅迫があったともいう。ただし上演はされたので、松竹の宣伝だったのではないかとも言われている。

林房雄（一九〇三―七五）という作家がいた。昭和初年に左翼だったのが、転向し、戦後も右翼を続けて、『大東亜戦争肯定論』を書いた人である。その林の代表作に『青年』がある。これは井上馨と伊藤博文の若いころを描いたもので、続編として『壮年』なども書かれたが、『青年』は小林秀雄が称賛している。

ここで描かれるのは、英国に留学して、西洋列強の科学と軍事力を知り、とても攘夷はできない、と知った二人の姿である。つまり、松陰の認識が誤りだったところの二人は知るわけである。

一九七七年に「花神」が放送された際、吉田松陰は篠田三郎が演じた。いかにも誠実で愚直な若者像であった。松陰は、弟子のような金子重輔とともに、ペリー艦隊に乗り込んで西洋へ渡ろうとした。下田渡海事件で、これのために捕らえられて長州へ送られ、野山獄に入れられたのである。松陰は佐久間象山に師事しており、ペリー宛ての漢文の手紙が残っている。そこには、西洋の文明をこの目で見てきたいということが書かれているのだが、それは本心だったのか。のちの攘夷家・松陰から見るならば、敵情視察が目的であるはずだ。

吉田松陰（1830～1859）山鹿流兵学師範・吉田家の養子となる。佐久間象山のもとで砲術と蘭学を学ぶ。松下村塾を主宰。安政の大獄で刑死する。国立国会図書館

しかし、西洋を見てきたいというのは、半分くらいは松陰の本心だったのではないか。

この松陰の手紙は英訳されて、英国の作家ロバート・ルイス・スティーヴンソン（一八五〇―九四）の目にとまり、スティーヴンソンを感激させ、「Yoshida-Torajiro」というエッセイを書かせた。その翻訳は『吉田松陰全集』に入っている。だが、スティーヴンソンは、その後の松陰が攘夷のテロリストとなり、処刑されたことを知らずに書いているのだ。つまりスティーヴンソンは、松陰が仮面をかぶって書いた、西洋を見たいという青年の純情を信じている。

吉田松陰と高杉晋作を描いた『世に棲む日日』は、吉川英治文学賞を受けている。「花神」の原作のひとつでもあり、篠田三郎の松陰に、中村雅俊のやんちゃ坊主的な高杉が印象的だった。

『世に棲む日日』と吉田松蔭

だが、私が『世に棲む日日』を読んだのは、大学生のころであった。もちろん中学生のころとは見識が違うが、実はさほど面白くなかった。ただし、そう意識はしなかった。たぶん、もう司馬遼太郎でもあるまい、と思ったのだろう。それで、それからあまり読まずにいたのだが、二〇一五年に大河ドラマで、松陰の妹を主人公にした〝女大河〟「花燃ゆ」が放送された。これは面白くないので観なくなったが、すでに時世は変わっていて、松陰は排外主義的テロリストに見えていた。

松陰は、明治の元勲たちの師匠だったから、明治から昭和にかけて、よく伝記を書かれた人物であり、尊王家として、太平洋戦争中には松陰ものの本がたくさん出ている。「花燃ゆ」の主人公についても、田郷《たごう》虎雄という作家が、戦時中に『久坂玄瑞の妻』を書いており、大河ドラマにあわせて河出文庫とKADOKAWAから復刊されたが、売れなかったようだ。私も買ったが子供向けなのですぐに読むのをやめた。

戦後は、河上徹太郎が『吉田松陰』を書いて、野間文芸賞を受けている。だが、これはやはり尊王思想と不即不離なのではないか。

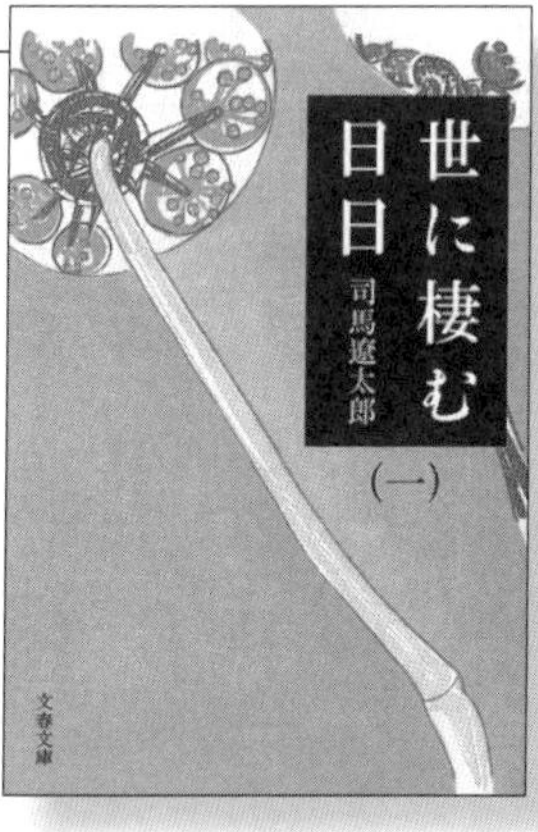

世に棲む日日

『世に棲む日日』文藝春秋／文春文庫／全4巻
初出　1969年2月～「週刊朝日」
大河ドラマ「花神」の原作の一つ。吉田松陰と高杉晋作、若くして死んだ二人を中心に展開。

明治以後に存在した水戸派の右翼

明治以後も、「水戸派の右翼」というものが延々と存在し続けた。そこにはやはり攘夷気分があり、それが石原莞爾の世界最終戦論や、米国との戦争へ導く底流になったのである。しかもその始祖は、葦津珍彦《あしづうずひこ》が『永遠の維新者』で言うとおり西郷であってみれば、斉彬から西郷、そして右翼は、ずっと「攘夷」で、戦後もまた反米右翼というのがいたということになる。しかもこの思想は左翼にも引き継がれ、今も反米論というのが盛んである。

それでいて、司馬は吉田松陰を愛し、彼を前半の主人公とした『世に棲む日日』を書いている。私は卒然と、司馬は攘夷派が好きだったのではないかと思った。井伊は私の尊敬する政治家である。司馬は『世に棲む日日』で吉田松陰を描いており、『翔ぶが如く』では西郷も描いている。合理主義者のはずの司馬がなぜ攘夷に肩入れしたのか。井沢元彦の『攘夷と護憲　歴史比較の日本原論』(徳間書店)は、幕末における攘夷を、現実を見据えないヒステリックな運動として批判している。だが攘夷と護憲は、どちらも天皇がついている。それは重要なことだ。

天皇について正面から語らなかった司馬

司馬は、天皇については、正面から語るのを避けた。一般的には、司馬は保守派の論客と見られているし、天皇制についても肯定的である。司馬は、座談会ではこう言っている。

「日本の長い歴史の中で、明治から終戦までの天皇の位置というものはちょっと特殊ですね。それまでは「天皇」というより「天子さま」というニュアンスの存在だった。（中略）しかし明治憲法というのは明治二十三年から昭和二十二年までの六十年間で終りましたから、以後はまた「天子さま」にもどったわけです。

ところが左翼の人は、このたった六十年間の天皇のあり方を日本史全体におよぼして「天皇制打倒」を叫んでいる。これはまったくナンセンスな話で、天皇というものはずいぶん古くからあるわけで、これをひっくるめて全部否定するのはまちがっていると思う」

（福田恆存・司馬遼太郎・林健太郎・山崎正和による座談会「日本人にとって天皇とは何か」初出は『諸君！』一九七一年一月号、『福田恆存対談・座談集　第七巻』玉川大学出版部、二〇一二年）

もっともこれは、戦後の穏健保守派の多くが言うことで、特異性はない。

だが司馬の当時でも、天皇制は身分制であり、天皇・皇族に人権がないという方向から天皇制を批判する者はいた。司馬は、その批判には一切答えてはいない。

その一方で、明治天皇に殉死した乃木希典《まれすけ》を同情的に描いている。乃木は学習院の院長もしていたが、学習院に学んだ志賀直哉などは、乃木の殉死を、バカなやつだと冷淡に見ていた。慶應三年生まれの夏目漱石は、おそらく乃木の殉死に何ほどか感銘を受けたのであろう、『こゝろ』で、「先生」にそのまねをさせている。

大正十二年生まれの司馬は、そのような時代の天皇教育を受けて育ち、それはついに抜けることがなかった。司馬は、日露戦争までの日本は良かったが、その戦勝におごってそれから悪くなり、十五年戦争にいたったとしているが、天皇観が植え付けられていく過程については語らなかったし、明治という時代が、初期には伊藤博文も共和制を考え、婦人参政権運動があり、東海散士《とうかいさんし》の『佳人之奇遇《かじんのきぐう》』では、共和主義者ガリバルディが英雄と見なされていた、そんな時代が、天皇絶対主義の暗い明治に変わっていく、その動きを、司馬は見なかったし、そのメカニズムに触れようとしなかったのである。

「天皇制」の始まり

天皇というのは前近代においては自然的存在であり、法によってその地位が定められるものではなかった。左大臣であれ征夷大将軍であれ、律令制度の中での地位だったが、天皇の地位は律令で定められているわけではない。それが、明治憲法によって初めて地位が定められた。だから「天皇制」なのである。先に触れた乃木殉死の二年前に、大逆事件が起きた。実のところ、明治初年には、天皇崇拝というものは、平田篤胤流の国学を学んだ豪農層や武士のほかにはあまりなかった。それが、明治憲法が発布され、次第に国民の間に浸透させられたものである。そして大逆事件によって、天皇に触れることは恐ろしいことだと国民の間に知らしめられた。

司馬は、そのことに気づかなかったのか。そうは思えない。やはり、そのことを認めると具合が悪いので、見ないようにしたのだろう。

司馬の先輩格で、一時は並び称せられた歴史小説家・海音寺潮五郎には、その点、天皇制に関する見識があった。『平将門』や『海と風と虹と』で、平安時代の「逆賊」将門や藤原純友を描いた海音寺は、この承平《じょうへい》・天慶《てんぎょう》の乱の時、純友が京の都へ攻め入っていたら、天皇家は滅びていただろうと言い、それを免れ、さらに鎌倉時代の元寇でも助かったことによって、「神風」と呼ばれ、世間に天皇家尊崇の風ができた、と言っていた。

これが当たっているかどうかは別として、海音寺が、天皇は偶然存続しただけだ、という視点を持っていたのは、司馬との大きな違いである。

尊王攘夷と反米保守

だが、その司馬自身の天皇崇拝が、幕末から明治初期へ逆流すると、井伊直弼や吉田松陰への、うなずきかねる評価になってしまう。もともと「尊王」と「攘夷」は別のことであるはずのものだ。それが、日本と米国とが太平洋をはさんで相対するという地政学的位置のせいもあって、なぜか結びつきやすくなってしまった。はじめは、ペリー来航時の孝明天皇が夷狄《いてき》嫌いだというところから「違勅」といった話になり、のちには太平洋（大東亜）戦争でアメリカなどの連合軍に敗れ、主として米国軍に占領されるという経緯をへて、江藤淳のように、「反米保守」になってしまう人が出たが、「反米保守」とは要するに尊王攘夷であろう。

司馬の長編随筆『アメリカ素描』は、自身の米国旅行を機に書かれたものだが、自ら、東アジアのこと以外にはうとい、と言う通り、さほどの切れ味はなく、いつもの司馬の分析力がなまっている。その中に、ベトナム戦争を「この上なく愚劣な戦争」と書いているところがあって、ぎょっとした。ベトナム戦争は、もちろんソ連との代理戦争である。米国は、ユーラシア大陸東部の「赤化」を恐れて戦ったのであって、それを「愚劣な戦争」の一言で片づけることはできないだろう。

文明評論家として活動しながら、司馬はついに、日本国憲法第九条をどうすべきか、ないし日米安保条約をどうすべきか、明快に発言したことはなかった。司馬は広く読まれる人気作家であり、人気者は政治的思想信条をあまり明らかにしない。

司馬は、昭和十八年（一九四三）に、大阪外国語学校をくりあげ卒業し、兵役にとられた。いったん満州へ渡り、敗戦時には栃木県にいた。その時、日本人はなぜこんな愚かな戦争を始めてしまったのだろうと思い、小説を書き始めたと言う。この手の話はあとづけが多いが、これもあとづけであろう。

日本の戦争が愚かだったのは事実である。大陸での戦闘が泥沼化している時に、米英蘭といった列強相手に戦争を始めた愚かさは言うまでもない。

その根底には、対米の敵対心がある。東京裁判で「ペリーを法廷へ呼べ」と言った石原莞爾の思想である。ところが、井伊直弼を罵倒する司馬は、その愚かさを共有しているのではないか。司馬は懸命に、井伊は攘夷家だ、保守派だと言い募るが、実際に直弼がしたことは条約締結であって攘夷ではない。ペリーによってむりやり開国させられたことを屈辱だと感じ、それを正義だと思ったら、対米開戦をした愚かさと何の変わりがあろう。

第三章

攘夷を掲げて維新をやり攘夷をやらなかった詐欺

司馬遼太郎はどの程度、学識があったのか？

司馬遼太郎は、どの程度頭が良かったのだろう。ないし、どの程度の学識があったのだろう。

小説は、学問や学識で書くものではないが、司馬のような歴史作家なら、そういうことが気になる。

司馬こと福田定一は、大阪外国語学校蒙古語科卒である。これはのち大阪外国語大学となり、二〇〇七年に大阪大学と合併して、大阪大学外国語学部になっている。この外国語学部が、阪大の語学教師の集まりである言語文化部と「言語文化研究科」という大学院を構成し、旧阪大は「言語文化専攻」、外大は「言語社会専攻」になっている。

しかし司馬は、馬賊に憧れて蒙古語科へ行っただけで、外国語は苦手だったといい、のち産経新聞に入った時も、英語もろくにできなかったという。

産経新聞時代に、仏教と大学を担当したため、仏教はよく勉強し、戦後「おや、今東光という作家はまだ書いていたのか」と思って取材に行き、仏教の知識があるのに感心した、と書いている。あちらは僧なのだから妙な話で、司馬の傲然《ごうぜん》たる自信を感じる。

「司馬遼太郎」という筆名は、司馬遷に遠く及ばない、という意味だというのはよく知られているだろう。これは、謙虚なようでいて、そもそもこういう謙遜は、司馬遷と自分を比較しているのだから、かなり自信がなければつけられない筆名である。第一、この筆名を使いだしたころは、まだ忍者・豪傑ものの伝奇作家の、かつ新人なのである。

京都大学へ取材に行き、桑原武夫などの話も聞いたというが、梅原猛とは絶交していたという。一九七五年に『空海の風景』を出した時に、梅原が辛辣な書評を書いたからだというが、梅原によると、その前に司馬が梅原に、空海について話すと、梅原は、その程度の理解ではだめだ、あと十年勉強してから書きなさいと言ったが、きかずに出したのだという。

梅原の書評というのは、「讀賣新聞」一九七六年三月二十三日夕刊の文化欄に書かれた「『空海の風景』を読んで」である。梅原は、空海はドラマチックな生涯を送ったわけではないから小説に向いていないと言い、結局「風景」でしかなく、空海の思想、著作には触れられていない不十分なものだとしている。「私は、司馬氏はよくやったと思う。

しかし、何分にも、空海という人間が大きすぎ、彼の語った思想が深すぎるのである。司馬氏の努力にもかかわらず、空海の実体はますます奥深く、秘められていくように思われる」と結んでいる。

ただ私にはどうも、この書評だけで司馬と梅原の関係が悪くなったとは思えないのである。その二年前に梅原は『水底の歌　柿本人麿論』を出して、大佛《おさらぎ》次郎賞を受賞している。人麻呂水死説を展開したもので、読むと面白いが、国文学者の益田勝実《かつみ》が決定的な欠点を指摘しており、成り立たない。おそらく司馬も認めなかったのではあるまいか。しかし梅原はその後もこの自説に固執し、益田が「まじめに読まずに批判した」などという誹謗までしており、この点は明らかに梅原が悪い。

空海の風景

『空海の風景』（原題：「『空海』の風景」）
中央公論新社／中公文庫／全2巻
初出　1973年1月号～「中央公論」
新聞に厳しい批評を書いた梅原猛氏は「私も空海が好きだから」「失礼なことをした」と後に話した。

梅原はのち、司馬は近代主義者だと批判しているが、私も近代主義者である。『空海の風景』は、空海の真言密教の思想を理解していないとされているが、私は宗教には興味がないし、別に理解する必要があるとも思えない。

政治を動かすテロリズム

話を幕末へ戻す。桜田門外の変で井伊直弼を殺したのは水戸浪士らで、一人だけ薩摩浪人の有村次左衛門が入っていた。これの兄が有村俊斎で、のち明治に海江田信義《かいえだのぶよし》（一八三二―一九〇六）となった男だが、生麦事件で奈良原喜左衛門に続いて斬りつけたのもこの男だし、戊辰戦争で大村益次郎と対立し、のち京都で大村暗殺を手びきしたのもこの男である。しかもその時海江田は弾正台の長官だったから、警察が暗殺の背後にいたわけである。司馬作品では悪役の一人だ。

武家にとって、討たれるというのは恥辱だから、幕府へは病死として届け出、井伊家は存続したが、以後は政治に関与せず、維新の時も官軍に従った。そのため直弼の腹心だった長野主膳は、二年後に彦根で斬首される。

この斬首は、文久二年（一八六二）に島津久光が江戸へ上り、幕政改革を行った余波でもあり、松平春嶽としては寵臣・橋本左内を直弼に処刑された恨みがあったが、むしろ井伊家が幕府の変化を忖度して率先して主膳に罪を押し付けたと言える。直弼の愛人であり密偵だったという村山たかを描いた、諸田玲子の『奸婦にあらず』は、直弼や主膳を描いた近年の歴史小説の秀作であろう。

二・二六事件で、主犯の青年将校らが処刑されても、以後政府は軍部の意向を迎えた政治をするようになるのと同じで、テロリズムは残念なことに政治を動かしてしまうのだ。

直弼が殺された半年後、水戸斉昭も六十歳で死んでおり、水戸藩では攘夷の中心人物がいなくなって、のち藤田東湖の子の藤田小四郎らが水戸天狗党の乱を起こすが、藩からは追い出され、若狭まで落ち延びて処刑されることになる。これについては、吉村昭の『天狗争乱』が詳しい。

尊王攘夷の中心となる長州藩

以後、尊王攘夷の中心となるのが長州藩である。毛利氏が、関ヶ原の戦いに敗れて、周防・長門の二国に押し込められた。防州・長州とか、防長二州とかいうが、正式にいえば山口藩である。通称が長州だ。ただし「藩」という語は、幕末になって使われ始めたものだ。それまでは「毛利のご家中」のように言った。清代初期に、明末に女真族《じょしん》に与した呉三桂《ごさんけい》という人物が、その後「三藩の乱」を起こしている。中央政府から半ば独立した地域として「藩」があり、康熙帝《こうきてい》が「廃藩」を決意したところから、乱が起こった。「廃藩置県」の「廃藩」は、おそらくこれに由来する。

長州では、はじめ長井雅楽《うた》（一八一九―六三）の「航海遠略策」という開国論があったが、藩内外の攘夷派から敵視され、ついに切腹させられている。

「雅楽」は、通称だが、雅楽頭《うたのかみ》の略でもある。大名や旗本は正式な官途を名のれるが、陪臣は名のれない。その代わり、「頭」などをとった「雅楽」は名のれる。原田甲斐、浅野大学などはこうした略式官途名である。

この、桜田門外の変（一八六〇）から文久三年（一八六三）までというのは、やや分かりにくい。この時、老中・安藤対馬守信正《つしまのかみのぶまさ》と久世大和守広周《ひろちか》が政権を担い、公武合体のため和宮《かずのみや》を将軍家茂に降嫁させせようとするが、信正は文久二年一月の坂下門外の変で攘夷派の水戸浪士に襲撃され、負傷する。死亡はしなかったが、結局信正は老中を罷免され、六月二日に久世も罷免されて、公武合体は挫折する。

長井雅楽の失脚も、この坂下門外の変の余波とも言える。島津久光が江戸へ上ったのも、坂下門外の変に応じてのものである。途中京都で、藩内の過激攘夷派を斬る寺田屋事件を起こしている。

過激攘夷派ではない島津久光

分かりにくいのは、久光が攘夷派、少なくとも過激攘夷派ではないというところで、この後、久光の主導で幕政改革が行われ、一橋慶喜が将軍後見職、松平春嶽が政事総裁職につき、会津の松平容保が京都守護職になる。

久光も公武合体派なのだが、長井雅楽のそれが幕府を主とし朝廷を従とするものだったのに対し、久光の案は朝廷が主、幕府が従で、結局は攘夷派を容認するものだという違いがあるに過ぎない。

司馬も海音寺も、久光をかなりバカにしている。だが、町田明広の『島津久光＝幕末政治の焦点』(講談社選書メチエ、二〇〇九)や、安藤優一郎の『島津久光の明治維新』(イースト・プレス、二〇一七）によって、久光の幕末政治史における役割の重大さは認識されつつあり、町田などは久光を「不世出の政治家であったと同時に、類稀なる文化人・

文学者であり、儒学・漢詩・和歌・書道に秀で、国学にも通じていた」とまで書いている。兄・斉彬があまりに名君扱いされたのと、西郷と対立していたということから、久光は正当に評価されてこなかったのである。大河ドラマ『翔ぶが如く』では高橋英樹が久光を、『篤姫』では高橋が斉彬、山口祐一郎が久光を演じている。いずれも、司馬や海音寺が言うような「バカ」として描かれていたか、むしろそのへんは曖昧な描き方だったが、少なくとも斉彬よりは劣るという描き方をしていたのは事実である。井沢元彦ですら、寺田屋事件で過激派を斬った久光を、政治の動きに逆行したとしてバカにしている。

久光四天王というのがあり、大久保一蔵《いちぞう》（利通）、小松帯刀、堀次郎、中山中左衛門が挙げられている。うち堀と中山は一般には無名だが、これはこの二人が西郷と対立したためで、明治になって中山は大久保の暗殺を企てて処刑されている。

久光の上洛、上府の際に、西郷が流刑を許されている。だが下関にいるよう命じられた西郷は、月照のあとを追って義挙に出る、つまりテロ行動をすると発言し、大坂まで来たので、久光は捕縛して再度流刑にしたのである。

久光が薩摩へ帰る帰路、八月に、生麦村で行列（久光は藩主ではないので「大名行列」ではない）を横切った英国人らを斬り、これが原因で薩英戦争が起きる。一方十月に朝廷では攘夷を正式に国家の方針として定め、三条実美《さねとみ》を勅使として江戸に派遣、将軍家茂はこの方針を受けた。このころ朝廷は、長州・攘夷派の三条ら七公卿に牛耳られていた。十二月には、長州の伊藤俊輔らが、品川東禅寺の英国大使館を焼き討ちし、攘夷を実行していた。

小説・ドラマに描かれない、坂下門外の変

桜田門外の変に比べると、坂下門外の変というのは、小説やドラマに描かれることがほとんどない。正面から描かれたことは、まったくないかもしれない。

幕府は、桜田門外の変のあとも、攘夷派をはねのけるための体制をとっていたのだが、二度目のテロによってそれも崩壊し、攘夷なのか開国なのかヌエ的な島津久光の改革で、長井雅楽を見殺しにする結果になったのである。

つまり、テロが政治を動かしているので、これは二・二六事件と同じなのである。司馬はもちろん、『世に棲む日日』や『花神』で長井雅楽について記述しているが、ほとんど敵役である。松陰を投獄したのは長井だと松陰門下の高杉や久坂玄瑞は考えており、他藩の西郷隆盛も、長井を斬るべきだと言っていた。

もっともこのあと、薩摩と会津の協力で八月十八日の政変があり、長州藩と三条ら七卿が京都から追放され、それが禁門の変につながるのだから、坂下門外の変や長井雅楽など通過点に過ぎないとはいえるかもしれない。

日本は近代化されなければならなかった、というのは認めるが、「討幕」という思想が出てくるのは慶應二年くらいからである。それまではひたすら、攘夷、攘夷なのである。

しかしおおもとを言えば、毛利家は関ヶ原の戦いの西軍総帥であり、敗北によって防長二州に押し込められている。島津家も、西軍に加担して処分を受けており、この両藩が最終的に討幕にいたったのはその仇討ちである。だがいずれも、さほど早くから討幕を考えていたわけではない。

胡散臭い勝海舟

司馬はその初期に『新選組血風録』と、土方歳三を主人公にした『燃えよ剣』を書いている。新選組については、昭和初年に子母澤寛（一八九二―一九六八）が徹底的に調べて、基礎的な『新選組始末記』を書いている。これは小説というよりドキュメンタリーである。

子母澤は、生半可な歴史小説家ではなく、歴史家である。その代表作『勝海舟』は、小説ではあるが、勝の生涯を研究したものでもある。幕末期において、攘夷が不可能であることを知っていた人物である。すでに子母澤が書いているから、司馬は勝の弟子にあたる坂本龍馬を描いたのだろう、とも考えられる。

だが、佐々木譲《じょう》が榎本武揚《たけあき》を描いた『武揚《ぶよう》伝《でん》』という優れた歴史小説を読むと、勝海舟への評価は下がらざるを得ない。勝はオランダ語はできたが、長崎の海軍伝習所では航海術がまともに習得できず、咸臨丸で太平洋を渡った時も、船酔いで部屋に引きこもっていたり、不満があると「バッテラ（小舟）を出せ、俺は日本へ帰る」などと言いだしたりして、咸臨丸に乗っていた日本人の勝への評価は低い。勝は咸臨丸で太平洋を横断しているが、勝は船酔いでろくに操船ができず、同乗したアメリカ人の手助けでようやく渡海したと

新選組血風録

『新選組血風録』角川書店／角川文庫／全1巻
初出　1962年5月号～「小説中央公論」
「沖田総司の恋」「菊一文字」「池田屋異聞」など
15の短編からなる新選組隊士の銘々伝。

いうのが真相である。これは土居良三『咸臨丸　海を渡る』（中公文庫）に書いてある。

咸臨丸の艦長だった木村喜毅《よしたけ》（芥《かい》舟《しゅう》）も、さんざん勝に振り回されている。だから帰国後、勝は失脚するが、よほど口がうまかったのだろう、将軍家茂などに取り入って復権し、軍艦奉行になっている。勝の航海技術の程度については、藤井哲博『咸臨丸航海長小野友五郎の生涯　幕末明治のテクノクラート』『長崎海軍伝習所　十九世紀東西文化の接点』（ともに中公新書）に詳しい。勝は海軍の生みの親のように思われているが実質はなく、ただ弁舌が巧みで交渉事に能力を発揮したため幕府に用いられ、のちにも「ほら話」を残している。

勝海舟（1823～1899）　長崎海軍伝習所で学ぶ。蘭学、西洋兵学を修得、1860年に咸臨丸艦長として渡米。江戸城の無血開城を西郷隆盛と成す。国立国会図書館

勝はハンサムだったから女にもてて、正妻のほか複数の妾や愛人がいてそちらに子供もいたし、十三代将軍夫人だった天璋院とも、明治に入ってからだろうが、恋愛関係に

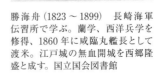

あったようだ（比屋根かをる「勝海舟をめぐる女性たち」小西四郎編『勝海舟のすべて』）。子母澤の『勝海舟』に感動してしまった身としては残念な話だが、司馬も海舟が胡散臭いということは気づいていたかもしれない。

話を戻すと、『燃えよ剣』には、冒頭部にフィクションがある。土方が、六車宗伯《ろくしゃそうはく》という剣豪を斬り、その仲間の七里研之助からつけ狙われるのだが、この部分はまるっきりの創作である。『国盗り物語』や『箱根の坂』の、斎藤道三や伊勢宗瑞が歴史に登場するまでの部分がフィクションなのは分かるが、土方のこれは、はじめに分倍河原《ぶばいがわら》で決闘するあたりで細かに地理が書いてあるから、実話かと思ってしまう。

歴史小説作家は、いきなり地味な歴史小説を書いたりしていては、評価もされないし読まれ

燃えよ剣

『燃えよ剣』新潮社／新潮文庫／全2巻
初出　1962年11月～「週刊文春」
人斬り集団といわれた新選組副隊長・土方歳三の、人間としての魅力を強く印象づけた。

ることもない。はじめは、剣豪の剣戟シーンなどをうまく描いて読まれることで浮上し、娯楽作家として名声がかたまってきたところで、実話に基づいた歴史小説を書くのが普通で、司馬もそのようにした。

その新選組は、幕府方であり、京都守護職・松平容保の配下で、攘夷の志士を斬るのが仕事だったが、実は当初、攘夷だった。攘夷熱は恐ろしいほどだ。

日本は、歴史小説の盛んな国である。西洋には、歴史上の人物を主人公にした歴史小説というのがあまりなく、歴史小説では架空の人物が主人公であることが多い。ロシヤーソ連にはあるのと、戯曲なら、シェイクスピアやロマン・ロランに例がある。

それは要するに、歴史の神聖性を固守しているからで、歴史は歴史として書くべきもので、作家の潤色を加えるべきではないというまじめな考え方があるのだろう。

そのため、西洋人は、歴史に疎い人が少なくないが、日本では歴史のあらましは知られている、と言える。もっとも、歴史ファンの数は人口の一〇パーセント程度だろうから、西郷隆盛が何をしたか知らない人もたくさんいる。上野に銅像が建っていても、みな知らないのである。

短編「王城の護衛者」は、松平容保の逸話である。京都守護職となった容保に、孝明天皇が密使を遣わして、容保への信頼を述べたという。当時、宮中は攘夷派の公家に乗っ取られて、夷狄嫌いながら佐幕派の天皇は、自分の意見を言うことができなかったのである。のち容保は会津にこもって「朝敵」とされ、会津戦争に敗北するが、死ぬ間際になって、天皇の手紙を出し、自分は朝敵ではない、と言う。

松平容保（1836～1893）高須藩主松平家に生まれ、会津藩主松平容敬の養子となる。征長強硬論を持論とする。1880年、日光東照宮宮司となった。国立国会図書館

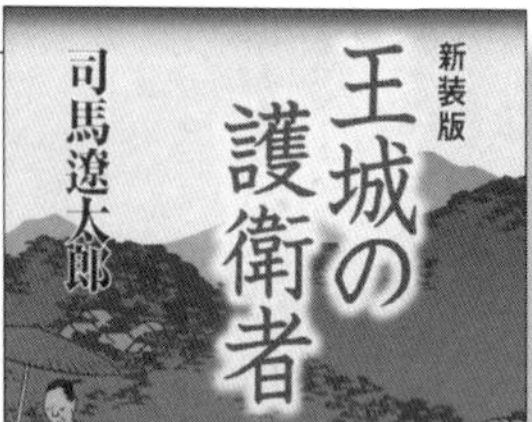

王城の護衛者

『王城の護衛者』講談社／講談文庫／全1巻
江戸幕府と運命をともにすることとなった会津藩の藩主・松平容保を描いた表題作を含む短篇集。

「朝敵」という語は昔からあるが、徳川時代になってから、幕末のこの時期、突然に新しい意味を帯びてしまったものだ。それを言ったら徳川家康こそ朝敵だろう。

私心がない人間がいちばん恐ろしい

司馬は、『「明治」という国家』で、西郷や大久保を「無私」「私心がない」ということばで褒めている。だが、そういう人間がいちばん恐ろしいのである。テロリストは、まさに私心がない、命も捨てる者らである。

司馬は、二・二六事件について「ヘドが出るほどきらい」だと言っている。私もそうである。あの青年将校らを美化しようとする書籍や映画には激しい嫌悪感を覚える。だが、司馬が愛した吉田松陰は、あの連中と同じではないのか。私心のないテロリストではないのか。

十五年戦争のみちのりは、天皇に意見を言わせず、軍部が独走したものだ。「王城の護衛者」は、天皇の手紙を持っていた松平容保より、長州派公卿たちのやり方から、それを連想させる。

天皇の政治利用

「天皇の政治利用」などと言うが、幕末の尊皇派たちはみな天皇を政治利用していたのである。そのためには、天皇は「虚器」であってほしい、というのが、政治利用する者の本心である。だがたとえば、明治天皇や昭和天皇を礼賛する者がいるが、特定の天皇を礼賛することは、天皇がダメであれば天皇を廃して革命を起こしてもいいということになる。しかし天皇は人間だから、自分の意見というのがある。これが天皇制の矛盾である。少なくとも幕末以後の日本では、天皇とはそのようなものとしてあり続けている。

会津藩主松平容保の実弟が、桑名藩主の松平定敬《さだあき》で、鳥羽・伏見の戦いのあと徳川慶喜が船で江戸へ逃げ帰る時に同乗しており、一橋と合わせて「一会桑《いちかいそう》」と呼ばれていた

「明治」という国家

『明治という国家』NHK出版／NHKブックス／全2巻　1989年刊行
幕末・明治を舞台とする小説を数多く書いてきた司馬が、「明治国家」の体制や本質を問う。

という（なお「一橋」は家の通称で、「一橋慶喜」が「徳川慶喜」になったのではなく、もとから「徳川慶喜」である）。しかし、彼らの実兄に、尾張藩主の徳川慶勝がいる。慶勝は鳥羽・伏見のあと、官軍に恭順すべく、東海地方の大名を説いて回った人で、そのために官軍はさしたる障害もなく東海道を進軍できたのである。

文久三年二月、京都の等持院にあった足利尊氏・義詮《よしあきら》・義満の木造の首が斬られて三条河原にさらされる事件があった。足利氏は、後醍醐天皇を裏切った逆賊と見られていたからである。春、将軍家茂、一橋慶喜らは、和宮降嫁のあいさつのため上洛する。以後、政治の舞台は京都に移る。しかし長州に乗っ取られた朝廷では、賀茂大社、石清水八幡宮に家茂が詣でて攘夷祈願をするよう強いる。しかも天皇が将軍を従えての行幸となり、将軍が天皇の臣下であることを天下に示すという狙いもあった。

五月にはこれを受けて、長州の下関沖を通る西洋の艦船を砲撃する。アメリカ商艦ペンブローク号、フランスの通報艦キャンシャン号、オランダの戦艦メデューサ号を相次いで砲撃したのである。

攘夷という愚かな思想

一方、生麦村での英国人殺傷事件で、英国政府は幕府に謝罪と賠償を求めたが、幕府は薩摩に責任を押し付けたから、英国艦隊が錦江湾に来て砲撃戦を行った。薩英戦争である。薩摩の被害は大きかったが、英国艦隊は完全勝利することができず、船を横浜へ引き揚げた。だが薩摩はこれをきっかけに英国と交渉を持つようになり、のち英国は薩長の側につくことになる。

五月に、攘夷派の公卿・姉小路《あねがこうじ》公知《きんとも》が田中新兵衛に殺されている。「人斬り新兵衛」だが、新兵衛は自害したため、黒幕が分からず、薩摩藩に疑いがかかった。これについては、姉小路が大坂で勝海舟に会って、諸外国との条約を守るべきだと説かれ、そちらに傾いたために攘夷派に斬られたという説もある（町田）。

続いて京都の朝廷で八月十八日の政変が起こる。薩摩の高崎正風《まさかぜ》に、会津、鳥取池田家、淀藤堂家などが協力して、長州とその一派の三条実美らの公卿を追放した宮中クーデタである。あとから見ると、薩摩と会津が協力して長州を追放したというのが分かりにくく、幕末史の難しさの大きな原因になっている。

この間に、幕府のみならず、藩主や執政というものの政治力が低下していき、誰が政治をやっているのか分からなくなっていく。西郷、大久保、木戸孝允を「維新の三傑」と言うが、それはこんな中で生き残った人物が彼らだったというだけで、大久保はともかく、あとの二人が偉人なのかどうか、私には分からない。

特に私は、西郷隆盛というのが偉い人物だとはとても思えないのである。そのことは、章を改めて説くことにする。

明治維新は、日本を近代化したという点では必要だった。だがこの実行は、攘夷という愚かな思想を掲げつつ、開国をした幕府を追い詰め、さらに維新が実現すると攘夷はやらないというペテンだったのである。

第四章
西郷隆盛は偉人か?

「特に重要な仕事をした」という感じがしない西郷

世に「大西郷」といい、大正から昭和にかけて『大西郷全集』全三巻が刊行されている。余談になるが、私は中学生のころ、この手の「全集」の広告を新聞などで見て、なぜ作家や著述家でもないのに「全集」があるのか不思議に思ったものだ。これは書簡や建言を集めたものである。

しかし、偉大だから「大西郷」なのかというと、そう思って言っている人もいるだろうが、本来は違うだろう。弟の西郷従《つぐ》道《みち》（じゅうどう）も政治家だから、それと区別して「大西郷」「小西郷」と言ったのだろう。「大谷崎」というのもそうだ。もっとも、江戸川乱歩を「大乱歩」などと呼ぶ例もある。

西郷隆盛が歴史の表舞台に登場したのは、幕府討伐の東征軍参謀としてで

西郷隆盛？！（1828～1877）　写真嫌いだった西郷の写真は残っていない。上野にある銅像も、この写真も、実は西郷従道と大山巖の二人をモデルに美化した？　国立国会図書館

あり、江戸開城に際しての勝海舟との会見が名高い。それ以前に薩長同盟があるのだが、安政の大獄の時に月照と自殺しようとして一人生き残り、奄美大島へ島流しになっている。文久二年（一八六二）に帰ってくるが、島津久光の上府に対し、斉彬のような人望がないと言って反対、命を無視して行動したというので再度沖永良部島へ島流しにあう。西郷は久光に嫌われていたというが、むしろ西郷のほうが嫌っていたのである。久光を「地五郎《じごろ》（田舎者）」と呼んだのは有名な話だ。元治元年（一八六四）に再び戻ってくるのだが、私の印象では特に何か重要な仕事をしたという感じがない。

西郷はむしろ、明治維新後に政界をひっかきまわし、ついに西南戦争を起こして死んだ人間として知られている。

「抜刀隊《ばっとうたい》」という軍歌がある。外山正一《とやままさかず》の作詞に、フランス人のシャルル・ルルーが作曲した軽快な曲で、西南戦争を歌っている。西南戦争の八年後のものだ。

われは官軍わが敵は　天地容れざる朝敵ぞ
敵の大将たるものは　古今無双の英雄で

ということ。つまり、西郷は逆賊でありながら「古今無双の英雄」と思われていたということになる。上野にある銅像は、明治二十二年（一八八九）、大日本帝国憲法発布の際の恩赦で「逆徒」の名を除かれたのを記念して制作が計画され、高村光太郎の父の彫刻家・高村光雲《こううん》が作ったものだ。

しかし西郷の本当の顔は分からないようで、キヨッソーネの肖像画は従道と大山巌をモデルにして美化したものだが、それを流用している。西郷は写真嫌いだったというが、それなら西郷の顔を知る人が、絵師に頼んで描かせるとか、面影を伝える方法はあっただろうと思うのだが、当時の人は、口頭で人の容貌を伝えるとか、素人ながらにスケッチをするとかいう技術を持たなかったのだろう。

上野の銅像の回りに集まる人たちの九割九分は、西郷が何をした人か知らないだろう。浴衣がけに犬を連れたおじさん、としか思っていないだろう。一九九〇年に「翔ぶが如く」が放送されているが、それを観ていたのは知識階層だけではないか。

薩長関係が悪化した理由

西郷は、禁門の変の際の会津・薩摩方の武将として登場している。八月十八日の政変で長州は政治から排除されるが、長州の来島《きじま》又兵衛は、当時四十七歳、武力による政権の奪回を主張し、京都の長州藩邸に入り、松平容保の襲撃を画策する。元治元年六月、京都の池田屋に攘夷派の志士が集まっていたのを、新選組が襲撃して皆殺しにした。桂小五郎（木戸孝允）が遅れて行ったため難を逃れた池田屋事件である。

井沢元彦は『逆説の日本史（20）』で、薩長関係は良好だったが、島津久光が寺田屋で過激攘夷派を斬ったために、攘夷の長州との関係が悪化し、八月十八日の政変が起きたという。久光は、維新の流れを逆行させたのだが、薩摩藩の国主同然であるため、維新後にそのことは隠された、という。

ところが、さらにこの件は奥が深い。司馬や海音寺は、久光が「保守派」だったと言う。ところがそれは、幕府を温存しようという意味での保守派であって、攘夷派ではないのである。攘夷派を保守派と見なせば、久光は開明派になる。つまり、攘夷派というのは、愚

桂小五郎（木戸孝允）（1833～1877）
吉田松陰に師事。公武合体派に反対し尊皇攘夷運動に奔走。五箇条の誓文草案を起草、版籍奉還実現に尽力。国立国会図書館

かな保守派でありながら、討幕という革新を愚かな攘夷を原動力にやってしまったのである。のち戊辰戦争の時、「花神」のドラマで大村益次郎が「薩摩には、これまで何度も裏切られちょります」と言う。何度も、か、八月十八日以来薩長同盟までか分からないが、そういうことである。

全身が精神論でできあがっている西郷

明治維新は「革命」かという論争があったが、「尊王攘夷」という「保守」を唱えた者たちが、「開国」という革新を、いやいやながらでもやった幕府を倒し、「尊王」は実施したが「攘夷」はやらなかった、というおかしな政変なのである。

西郷は、はじめ攘夷派であった。長井雅楽を斬れなどと言うあたりは、その面目躍如である。そして月照一人を死なせて自分が生き残ったことを負い目に感じ、死に場所を求めていた。このあたり、乃木希典に似ている。こういう人間には宗教的な崇拝者があらわれるものだが、私は大変嫌いである。西郷は「哲人」だと司馬は書いているが、全身が精神論でできあがっており、現実をどのようによくするかなどということは二の次の人物だったのだろう。そういう精神が、大東亜戦争の過ちを引き起こしたのである。

長井雅楽は、書いた文書に不敬の文言があるという流言蜚語のために、腹を切らされてしまった。この風説を流した首謀者は、久坂玄瑞ではないかと奈良本辰也が言っており、井沢元彦も、おそらく久坂だろうと言う。

池田屋事件で長州の藩論が激化し、元治元年七月、ついに武装蜂起して禁中で戦いを繰り広げた。蛤御門《はまぐりごもん》の変とも禁門の変ともいう。一橋慶喜、西郷隆盛と新選組が迎え撃ったが、のち敵同士となる慶喜と西郷がともに戦っている。だが長州方は、来島、久坂玄瑞らが戦死して敗北、残った者は長州へ逃げた。

八月十八日の政変の前の五月に、伊藤俊輔、井上聞多は英国への留学に旅立っていたが、この時帰国の途にあった。西洋の文明を目の当たりにして、攘夷が不可能であることをいち早く知った二人だが、下関砲撃の報復として、米英蘭仏四か国艦隊が下関を砲撃しようとしていた。伊藤らは、アーネスト・サトウと会見して、砲撃を中止させようとするが止められず、長州は惨敗して、攘夷の不可能を悟る結果になる。

幕府では、禁門の変の責任を問うため、長州征伐の軍を出すことに決定する。もともと徳川幕府ができた時、外様大名などの叛乱に備えて幕府は常時軍事体制をとっていた。

島原の乱で軍事出動はあったが、大名相手の出動はこれが初めてである。

　将軍家茂、尾張慶勝、越前藩主松平茂昭《もちあき》を主将として長州へ進発、勝利を収めて三家老を切腹させたが、のち『幕府衰亡論』を書いた福地源一郎（桜痴）は、幕府は文久三年の政変のあとすぐ長州を討つべきだった、もし井伊直弼が大老だったらそうしただろうと書いている。福地は、歌舞伎作者、政治家として活動した元幕臣である。

　この時、西郷が高杉晋作に会ったかどうか。会ったという説と面識はなかったという説とがある。かくして長州はいったん謝罪し、藩内でも幕府恭順派の椋梨藤太《むくなしとうた》が政権を握るのだが、高杉晋作は椋梨を「俗論派」と呼び、自身が創設した奇兵隊などを用いて挙兵、クーデタを起こして藩の実権を握り、幕府に抵抗する。

高杉晋作（1839 ～ 1867）父は萩藩士。松下村塾に学ぶ。藩論を討幕に転換し薩長連合を締結。1867 年第二次長州討伐で指揮し幕府を破る。病死。国立国会図書館

翌慶應元年は、幕末史としては珍しく大きな事件がない。幕府内保守派が、一・会・桑を幕政から降ろそうとし、慶喜は兵庫開港の勅許を得るために奔走している。この年に、木戸、大久保、西郷が勢力を伸ばし、長州では大村益次郎が政治に参加した。

その間に、坂本龍馬らの努力で、慶應二年一月、薩長連合が密かに結ばれた。最近は、龍馬の役割を疑う説もあるが、そのことは措く。

斬新なタイトルの『竜馬がゆく』

『竜馬がゆく』は、司馬の初の幕末もの長編なので、政治史からは一歩引いたところにある坂本龍馬を描きつつ、幕末史をひととおりおさらいしたというところだろうか。

ところでこの「竜馬がゆく」というのは斬新なタイトルである。主人公が、「江戸へ行く」でも「ソ連へ行く」でもない、行先なしに「がゆく」とやったのは、この作品が最初ではあるまいか。これに似たタイトルでは、菊池寛の『天誅組罷通《まかりとお》る』（一九四一）があるが、手塚治虫の『三つ目がとおる』も同じ系統のタイトルだ。

またアニメなど子供番組の主題歌に「ゆけゆけ飛雄馬」（『巨人の星』）「ゆけゆけタイガー」（『タイガーマスク』）「ゆけゆけハッチ」（『みなしごハッチ』）など、特に行き先もなく「ゆけ」「進め」などを使うようになるのは、『竜馬がゆく』以後のことで、『竜馬がゆく』以前の『月光仮面』『笛吹童子』『赤銅鈴之助』などにはこうした語の使い方は見られない。『竜馬がゆく』のタイトルの影響大、というのが私の仮説である。「それゆけ」という語も、一九六九年に遠藤周作が『それ行け狐狸庵』、一九七一年に森村桂が『それゆけ結婚』を出したあたりから出てきている。

竜馬がゆく

『竜馬がゆく』文藝春秋／文春文庫／全8巻
初出　1962年6月～「産經新聞」
同書で歴史的には無名に近かった坂本竜馬が、最も人気が高い幕末のヒーローになった。

慶應二年六月、第二次長州征伐が開始されるが、幕府方の士気はあがらず、特に薩摩が動こうとしなかった。そして七月、将軍家茂が二十歳で死んでしまい、長州征伐は頓挫する。後継は徳川慶喜だが、慶喜は徳川宗家は継ぐが将軍就任は年末まで引き延ばした。

慶應三年一月に、孝明天皇が死んだ。岩倉具視による毒殺説もあったが、現在は否定説が有力である。孝明天皇は佐幕派だったが、あとを少年の睦仁《むつひと》が継いだ。五月には、高杉晋作が萩で、肺結核のため満二十七歳で死んでいる。この月、京都の小松帯刀の屋敷で、薩土密約が結ばれている。土佐の谷干城《たてき》、中岡慎太郎に、薩摩の西郷らが、武力討幕の方針で結んだものだが、翌六月には、後藤象二郎、坂本龍馬らと西郷、大久保の間に、大政奉還を中心とする平和的な政権交代についての薩土盟約が結ばれている。これを受けて、十月、将軍慶喜が大政奉還を申し出る。山内容堂が奏上したもので、この時容堂は佐幕の最後の砦になっていた。

実際以上にバカだと思われてきた久光

実は島津久光もこの時、討幕には反対だったのだが、体調が悪く、薩摩にこもっていて、藩主の息子・茂久を上洛させていた。この茂久を西郷らがうまく篭絡して、久光の意図せざる討幕に持って行ったと、安藤優一郎『島津久光の明治維新』は言う。この著書の表紙は久光の代表的な肖像画なのだが、これは森鷗外と留学仲間だった原田直次郎が写真をもとに描いた写実画で、かなり「バカ」に見える顔に描かれている。西郷や大久保や明治天皇のキヨッソーネによる肖像画が美化されているのに、何ゆえ久光だけこんな絵なのかと思うのだが、久光というのは実際以上にバカだと思われてきた人である。

実のところ、この段階で薩摩藩が、討幕路線で固まっていたわけではない。久光は公武合体派だし、藩の他の者もそうで、討幕の西郷と大久保、小松帯刀はむしろ孤立していた。久光は、徳川慶喜に不信感を抱いてはいた。これは、攘夷派の、破約攘夷という、安政の条約を破棄せよという主張の一環として、横浜鎖港、つまりいったん開いた横浜を再度閉ざすという案を慶喜が採用してからで、幕府はそのためにフランスに使節を送っている。

慶喜は、形の上で大政奉還を行い、将軍と諸大名を中心とした内閣のようなものを考えていたが、ほぼ同時に、薩摩と長州に対して討幕の密勅が出ていた。岩倉具視らの画策であり、天皇も摂政・二条斉敬《なりゆき》も知らないまま、明治天皇の外祖父の中山忠能《ただやす》、正親《おおぎ》町三条実愛《まちさんじょうさねなる》、中御門経之《なかのみかどつねゆき》の公家が署名した偽勅で、大政奉還のため取り消しになった。

島津久光（1817～1887）父は鹿児島藩主島津斉興。斉彬没後、国父として藩の実権を握る。公武合体運動の中心的な存在。生麦事件を起こす。国立国会図書館

岩倉は下級貴族の出で、井伊直弼に同調して和宮降嫁に関与したのだが、その後尊王家となり、長く岩倉村に蟄居させられていた間に大久保らと気脈を通じていた。坂本龍馬と中岡慎太郎が近江屋で暗殺されたのは、その一か月後のことだ。

この「討幕の密勅」も、薩摩藩に出たというより、西郷と大久保に出たのであって、久光の知るところではない。ただし藩主の茂久がいるので、西郷と大久保は久光の不在を利用したのである。

慶喜に先手を打たれた岩倉らは、巻き返しに出る。十二月九日に、王政復古の大号令が出される。これは薩摩と長州によるクーデタで、西郷、大久保、岩倉が主導したものだ。薩摩の兵が会津、桑名の兵を追い出して帝を人質にし、引き続き、朝廷の小御所会議が開かれ、総裁に有栖川宮《ありすがわのみや》熾仁《たるひと》、議定に仁和寺宮《にんなじのみや》純仁《すみひと》、山階宮晃《やましなのみやあきら》の皇族と、中山忠能、正親町三条実愛、中御門経之の公家、

岩倉具視（1825 ～ 1833）1854 年孝明天皇の侍従となる。公武合体派として和宮降嫁を推進。王政復古のクーデターを画策。新政府で右大臣等を務める。国立国会図書館

徳川慶勝、松平春嶽、浅野茂勲《もちこと》、山内容堂、島津茂久（忠義）、参与として岩倉、大久保、西郷らが参加した。長州藩は加わっていない。ここで、徳川慶喜の辞官《じかん》、納地《のうち》の要求が朝廷側から出た。慶喜は征夷大将軍は辞したが、まだ内大臣の官位があり、また莫大な徳川家領地を持っていた。新政府はカネがなく、徳川家の財産が欲しかったのだが、同時にこれは慶喜を新政府から排除する狙いでもあった。

　これに強硬に反対したのが山内容堂で、この場に徳川慶喜を呼ぶべきだと言い、慶勝、春嶽ら大名が賛同した。だが容堂は弁ずるうちに「幼冲《ようちゅう》の天子を擁し」て、と言ったが、天皇が少年なのをいいことに岩倉らが勝手をしているという意味であった。だが岩倉はこれを「不敬」として容堂を沈黙させたといわれていたが、今では後代の捏造とされている。

　会議に加わっていない西郷は、外で警護をしていたが、会議の様子を伝えた薩摩の岩下左次右衛門《いわしたさじえもん》に、「短刀ひ

山内容堂（山内豊信）（1827～1872）高知藩主。藩政改革を行い将軍継嗣問題は一橋派。公武合体派。徳川慶喜大政奉還を建白。雄藩連合を構想。国立国会図書館

とふりで片がつく」と言った。これを岩倉が浅野茂勲に伝え、容堂にも伝わった。つまり脅迫したわけである。

一方、慶喜と幕府側は二条城に集まっていた。武力で薩摩藩兵を駆逐することもありえたが、慶喜はこれをせず、翌日になって、徳川慶勝と松平春嶽が、辞官・納地についての決定を伝えに来た。慶喜はこれを受けておいて、大坂城へ下った。だが慶喜は、英米仏蘭、イタリア、プロシアの各国公使を引見して薩摩のやり方を非難し、支持をとりつけ、日本の代表者が自分であり徳川家であると確認することで小御所会議を無効にした。

この時点で、日本は権力の空白状態に陥っている。ないしは二つの政府がある。この状態は、戦争によって打開するしかない。西郷は相楽総三《さがらそうぞう》らに「赤報隊《せきほうたい》」を結成させ、江戸周辺で火付け、強盗などのテロ行動を起こさせ、幕府側を挑発した。市中取締となった庄内藩・酒井忠篤《ただずみ》は、挑発に耐えていたが、ついに庄内藩邸が襲撃されるに及び、薩摩藩邸を焼き討ちした。相楽らは逃れて、薩摩藩の軍艦に乗って上方へ向かった。これで戦端が開かれ、慶喜らは「討薩表《とうさつ》」を掲げて薩摩を含む官軍と対峙した。

年が明けて、幕府軍は大坂城から京都へ向かい、官軍と対峙、鳥羽・伏見の戦いになった。だが官軍側は錦旗をひるがえして、天皇の軍であることを示し、淀藩と津の藤堂家が官軍方に寝返り、必ずしも負けていたわけではない徳川方は敗走した。淀藩主は老中の稲葉正邦で、この時江戸におり、この裏切りは正邦の意思ではなかった。慶喜は大坂城をこっそり脱出し、松平容保、定敬とともに、軍艦開陽丸で、艦長の榎本武揚を置き去りにして江戸へ逃げ帰った。

かつて井伊直弼が、慶喜将軍に反対した、水戸家の出身だから尊王攘夷ではないかという懸念は、まさにここに現れたのである。慶喜は尊王の念があり、錦旗をひるがえした官軍に対して、朝敵となることを恐れたのである。

官軍側は、有栖川宮を東征大総督、西郷を総参謀として東海道、東山道を進撃し始めた。この時官軍が歌ったと言われているのが、「トコトンヤレ節」である。品川弥二郎作詞、大村益次郎作曲とされており、「宮さん宮さん」としても知られる。十七年後に英国で上演されたサヴォイ・オペラ「ミカド」でも日本語のまま採り入れられている。歌詞は都々逸《どどいつ》調である。ウィリアム・ギルバートの台本は私の翻訳があるが、そこで俗曲研究家の倉田喜弘氏の、曲は当時なく、オペレッタ「ミカド」から逆輸入されたという説を載せておいたが、私はこの説は疑わしいと今では考えている。

慶喜はてんから、恭順・謹慎の意向である。幕閣には主戦派もいる。特に激しかったのが小栗上野介忠順《ただまさ》だが、慶喜は、「幕府に西郷、大久保のような人物がいるか」と問い詰めて、周囲は何とも言えなかったという逸話があり、司馬の『最後の将軍』にも引かれている。だがこれを読むたび、私は、勝海舟がいる、永井尚志《なおゆき》がいる、川路聖謨《としあきら》がいる、小栗上野がいる、大久保忠寛（一翁）がいる、と思うのだが、慶喜が「いるか」と問うているのは、「いない」という答えを期して言っているので、具体的に名をあげるわけにはいかなかったのだろう。それに慶喜は勝を嫌っていた。実際、勝は早くから島津斉彬と気脈を通じて公武合体を狙っていたし、薩長のスパイのように思われていた。

板垣退助に冷淡な理由とは?

東山道を進んだのは土佐の板垣退助である。乾《いぬい》退助といったが、武田信玄の武将・板垣信形《のぶかた》の子孫だというので、甲州の人心を収攬《しゅうらん》するため板垣を名のった。司馬は板垣が嫌いだったのか、武市半平太《たけちはんぺいた》（瑞山《ずいざん》）を殺してしまったから、板垣のような男が出てきたと書いている。土佐には山内家が入った時の家臣の上士と、もとの長曾我部氏の家臣だった下士がいて、身分の違いが厳しく、坂本龍馬は下士で、上士の板垣が軽んじていたともいう。『竜馬がゆく』で司馬は板垣を、

一個の侠雄ともいうべき退助には政治家の才能はない。結局野にくだり、竜馬の思想系譜をひいて自由民権運動の総師になるが、それも例の「板垣死すとも自由は死せず」という名文句を後世に記憶させた程度で、さほどの仕事もせずにおわった。

（全集第五巻、P340）

板垣退助（1837～1919）討幕派と連携する。戊辰戦争で活躍、1871年廃藩置県を断行。愛国公党や立志社を設立、自由民権運動の先頭に立つ。国立国会図書館

と評しているが、お札の顔にまでなった人物に対しては、冷評と言うべきだろう。

板垣が岐阜で暴漢に刺された時、名古屋で医師をしていたのちの東京市長・後藤新平が診察している。この後藤が名古屋で師事していたのが『胡蝶の夢』の司馬凌海で、岐

皐事件の時は湊海は死んでいたが、『胡蝶の夢』に、この話は出てこない。まあ湊海はもう死んでいるのだから、出てこなくてもいいのだが……。

板垣に冷淡なのは、自由民権運動にも冷淡だということだ。司馬は明治を明るい時代、「坂の上の雲」を目ざした時代だとしたいので、自由民権運動や大逆事件は、目ざわりなのであろう。ここに、司馬の頑迷な保守主義者ぶりを見る思いがする。

新選組は、甲陽鎮撫隊として、東山道の官軍を抑えるために出動したが、すでに甲州は板垣によって抑えられていた。慶喜は恭順の意を表明して上野の寛永寺にこもる。官軍は江戸城総攻撃を目ざしている。これを止めたのが、勝海舟や山岡鉄太郎だということになっている。勝と西郷の対面は幕末史の名場面で、結城素明の絵にも描かれている。しかし、西郷が江戸城総攻めをやめたのは、勝や山岡の熱誠に打たれたからではなく、フランス公使パークスが反対したからである。そのことは分かっていても、勝と西郷という偉人同士が会談してやめたことになったと思いたい日本人の悲しい愛国心である。

かくして江戸は無血開城するが、幕府の不平分子はそれではすまなかった。榎本武揚は江戸開城の日に戦艦で江戸から脱走し、土方歳三らと北海道に籠って戦った。これは『燃えよ剣』に描かれている。

戊辰戦争の指揮をとった大村益次郎

また彰義隊は幕府方で、上野の山を根城に官軍を悩ませたため、遂に上野戦争で官軍に滅ぼされた。会津の松平容保は、新選組を率いて攘夷志士を斬っていたから官軍側の恨みが強かったが、会津は武装解除に応じなかったため、官軍は会津庄内攻撃を決め、会津に同情した東北の佐幕諸藩が奥羽越列藩同盟を結成して官軍に抵抗した。戊辰戦争である。

慶喜は、水戸にこもり、のち駿府へ移るが、これらの戦争には関与しなかったから、「元の家臣が徳川家のために戦っているのに見捨てた」とも言われる。実は慶喜は、水戸天狗党も見捨てている。天狗党は、水戸出身の慶喜が救ってくれるだろうと期待して、京都へ行こうとしたのだが、慶喜は見

大村益次郎（村田蔵六）（1825？～1869）緒方洪庵に蘭学を学ぶ。萩藩雇士となる。1869年兵部大輔として兵制近代化に着手。療養中に死亡。国立国会図書館

捨てたのである。

この彰義隊攻撃と戊辰戦争の指揮をとったのが大村益次郎（一八二四―六九）である。大村は銅像が靖国神社に立っているが、やや忘れられた存在だったのを、司馬が『花神』でとりあげたのである。はじめ村田蔵六といい、周防国鋳銭司《すぜんじ》村（現山口市）に生まれ、大坂の緒方洪庵塾（適塾）で蘭学を学んだ医師だったが、蘭書読みから軍学の知識も得て軍学者になったのである。

『花神』は、娯楽小説からぐっと史伝体に近づいた書き方で、私はこれが最初の司馬作品だったから、難しい作家だと思った。若いころの蔵六の、「暑いですね」と言われると「夏は暑いのが当たり前です」というあたりは、奇人を好む司馬の得意なところで、これがのちの『胡蝶の夢』につながる。

大河ドラマでは、このいくらか右翼好みの人

花神

『花神』新潮社／新潮文庫／全3巻
初出　1969年10月～「朝日新聞」
大河ドラマ「花神」の原作の一つ。百姓の出身の医師・大村益次郎が激動期に軍事の才を開花。

物を、左翼的な前進座の中村梅之助がやっていたのもおかしい。師の緒方洪庵を宇野重吉（当時六十三歳）がやっていたが、洪庵はそんなに老人ではなく、蔵六が入門した時は三十代で、洪庵は五十代で死んでいるのである。

これの前半は、いわば森鷗外の『澁江抽斎』をもっと読みやすくしたような書き方になっている。シーボルトの娘・楠本イネとの交情が彩りを添えている。イネについては、吉村昭の『ふぉん・しいほるとの娘』が詳しい。『花神』は、長さもちょうどいい。司馬の円熟作品の一つで、しかし最後に軍事指導者になるところは少し引っかかるが、司馬作品では「上」の部類に入るだろう。

小栗上野介や近藤勇は、官軍によって斬首された。徳川宗家は田安亀之助が継いで徳川家は駿府へ移る。亀之助は十六代徳川家達《いえさと》としてのち貴族院議長を務めた。榎本武揚は獄に入れられるが、のち出獄、明治五年にマリア・ルス号事件で、ペルーが判決を不服としたためロシヤ政府が仲裁し、ロシヤ特使として榎本が派遣され、のち政府に仕えた。

マリア・ルス号事件とは、マカオを出港したペルー船籍、ポルトガル人船長のマリア・ルス号が横浜沖に停泊した際、清国人奴隷が逃亡した事件で、大江卓《たく》が裁判をし、マリア・ルス号はペルーへ向かってもいいが、奴隷は禁じられているから解放せよと判決したものだ。しかしペルーは奴隷禁止条約に入っていなかったため不服を唱え、ロシヤが国際裁定を行ったものである。この際、ペルー側の英国人弁護士が、日本には娼妓という奴隷がいるではないかと発言したことで、翌年の娼妓解放令につながったとされている。

われら蒙昧な者は、攘夷をやると思っていた

戊辰戦争が終結し、太政大臣に三条実美、右大臣に岩倉具視、参議に大久保、西郷、木戸らの政府が成立した。

少なからぬ者が、幕府が倒されたら新政府は「攘夷」をやるはずだと期待していた。だが、やらなかった。不平を抱いた攘夷派は、明治二年、開明的な学者の横井小楠を暗殺した。暗殺者は処刑されたが、その津下四郎左衛門の子が、一人語りで語るのが森鷗外の「津下四郎左衛門」である。幕末期、知恵のある人たちは攘夷が無理だと知っていたが、われら蒙昧な者は知らず、攘夷をやると思っていた。だが父は知らず、愚かであった、という恨み言である。

このことは、明治維新にとって重大な問題であろう。「知恵のある」西郷や大久保は、すでに攘夷が不可能であると知りつつ、討幕と、近代的中央集権国家の確立を目ざした

のだが、彼らを応援した「愚かな」者たちは、官軍が勝ったら攘夷をやってくれると思っていたのである。

同じ明治二年に大村益次郎を襲撃し、その怪我がもとで大村を死なせた長州の攘夷志士・神代直《こうじろなお》人《と》も、背後に海江田信義がいたとはいえ、攘夷派として、西洋軍学を学んだ大村を斬ったのである。

司馬は、しかしこの問題に取り組んだだろうか。攘夷をやると思わせて討幕を行ったという「詐欺」についてである。幕末のある時期から、薩長は攘夷について曖昧なままにしてきた。

版籍奉還によって藩は国家に属することになり、旧大名が知藩事に任命されるが、二年後には廃藩置県で藩は解体され、国が派遣した県令が置かれることになって、武士身分は事実上廃止された。はじめ県は藩の数だけあったが、漸次統合されて現在の状態になる。佐幕派だった藩の地域はイジワルをされて変な県名にされたと言われている。薩長派の藩は、鹿児島県や山口県など、県庁所在地を県名にしたのに、佐幕派は、栃木県とか香川県などおかしな所の地名をつけられたというのだ。

鹿児島県では、島津久光が不平を抱き、西郷や大久保に騙されたと言っていた。政府では久光を宥めるために左大臣に任命したが、もちろん政府に出てくるわけではない、名目だけである。久光は、版籍奉還か廃藩置県の日に花火を打ち上げて怒りを表明したとされる。幕末期に活躍した旧大名たちは、一人も新政府の要人にはならなかった。松平春嶽は討幕に参加せず政界を退き、徳川慶勝は弟の松平容保らの助命嘆願をしたのち退いた。山内容堂は明治五年に飲酒のためか、四十四歳で死んだ。

維新後の西郷と大久保を描いた『翔ぶが如く』

『翔ぶが如く』は、維新後の西郷と大久保利通を描いたものだ。それでもかなり長い。西郷については、鹿児島出身の海音寺潮五郎の『西郷隆盛』という未完の大作がある。これはいちいち典拠史料を示しているから便利だが、これまた長い。林房雄の『西郷隆盛』も、海音寺のほどではないが長く、徳間文庫に入ったが品切れだ。

『翔ぶが如く』の冒頭部分は、川路利良《としよし》（一八三四―七九）が主役のごとくである。川路利良は「大警視」（警視総監）となる男だが、フランスへ視察に行って、長い列車の中で便意を催し、耐えられずに、新聞紙の上で排便して、それを窓から投げ捨てたという逸話から始まる。これは実にうまい書き出しだ。だが、これは実話だろうかと思ったら、鈴木蘆堂（高重）の『大警視川路利良君伝』（大正元年）に書いてあった。

だがそのあと、小説はもたつき始める。史料の多さに、司馬が振り回されている。司馬はこの時期のことについては、江藤新平を描いた『歳月』を書いており、これは講談社文庫の一冊本で七〇〇ページを超すが、適切な長さだ。対して『翔ぶが如く』は文庫版で三千ページを超える。

こういう長さが好きな人もいるだろうが、私には長すぎる。吉川英治も、『宮本武蔵』『新・平家物語』『私本太平記』などが、過度に長い。

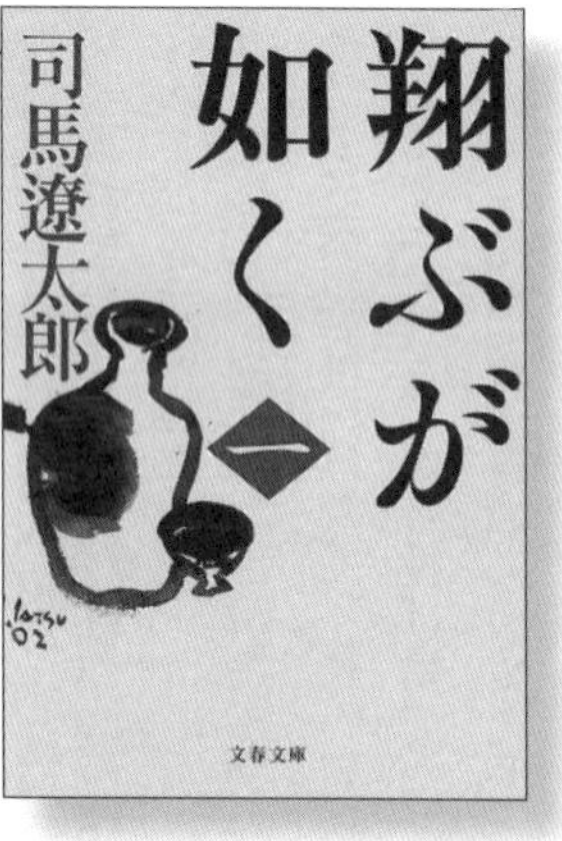

新装版 翔ぶが如く

『翔ぶが如く』文藝春秋社／文春文庫／全10巻
初出 1972年1月～「毎日新聞」
1990年NHK大河ドラマの原作。維新の立役者・西郷隆盛と大久保利通らの時代とは……。

大河ドラマ「翔ぶが如く」の後半・明治篇は、維新のあと鹿児島へ帰ってしまった西郷を迎えに大久保が船で行くところから始まっている。西郷は、陸軍大将になった。といっても、当時日本に陸軍大将は一人しかいないので、事実上陸軍の最高位である。

西郷は古い人間で、旧大名が排斥されて、家臣だった自分らが政権を担っている新時代が、自分にはあわないと感じている。フランス革命では、マラーもダントンもロベスピエールもナポレオン・ボナパルトも、誰かの家臣だったわけではない。明治維新という政変に、最初から参加していた大名たちが排斥されて、その家臣たちが突然政府の中枢にいた、というところに、維新の特異性がある。

庶民の生活にも、税金や徴兵などがやってくるが、武士身分の消滅は衝撃的である。身分の低い武士はたちまち食うに困ることになった上、廃刀令で刀を奪われ、ちょんまげを切るのだから激変である。

日本の大名や武士は、領地を自分の土地として持っていたわけではなかった。応仁の乱で荘園制度が崩壊したあとの農地などについては、武士が持って農民が耕作権を持っていたという説と、農民が持っていたという説とがあるが、徳川時代の大名の転封というのは、領地が大名のものではないからできたことで、廃藩置県ができたということはやはりそういうことで、西洋やシナでは、貴族が大土地所有をしていたため、近代化の障害にもなった。速やかな近代化が日本で進められたのは、特権階級である武士が土地を持っていなかったからである。

英国では、すでに十七世紀に、ヨーマンという富裕農民が革命を起こしており、フランスではフランス革命があった。貴族が没落したと言われたのは第一次大戦だから、これらの国ではゆるやかに貴族が特権を失っていった。ロシヤだけは、ロシヤ革命でいっきに特権を失い、貴族は外国へ亡命して白系ロシヤ人となった。土地がないといっても、特権階級の特権を僅々四、五年でなくしたのだから、不平士族の叛乱が起こるのは当然である。

しかもその叛乱は、維新を達成した西南雄藩で起きた。このあたりは、鎌倉幕府の初期に似た陰惨さがある。鎌倉では、平家を倒して幕府を樹てた頼朝が死ぬと、後を継いだ頼家、実朝を、北条氏が相次いで殺す、ないしは陰謀によってなきものとした。

「征韓論」理解をめぐる諸説

『歳月』を読むと、大久保利通の冷酷さに背筋が凍る。下野した江藤新平を追い詰めて反乱軍の首領にしてしまい、東京へも戻さずに処刑してしまうのである。だが、このような難局を乗り切るには、大久保の冷酷さが必要だったとも言える。

成立した明治政府は、たちまち腐敗し始めたようだ。権力を握った者たちは豪華な馬

「岩倉使節団」　「岩倉使節団」　明治政府は、1871(明治4)年～1873(明治6)年までの2年間、条約改正のために、大久保利通、伊藤博文を始めとする107名を日本から欧米へ派遣した。大久保利通（写真右端）らが視察中に「征韓論」が起きた。写真／山口県立文書館

車に乗り、商人と結託し、贅沢な生活をするようになった。西郷はそれが耐えられなかったと言われている。

明治四年（一八七一）から、岩倉使節団が欧米へ旅立つ。幕末に西洋諸国と結ばれた条約が不平等条約だったため、その改正のための使節だが、結局条約改正はできなかった。新政府ができてほどないのに、岩倉、大久保、伊藤博文らの大物がみな日本を留守にしたのだから、無謀な話である。留守政府を預かったのが、三条、西郷、江藤、板垣、副島種臣らで、この留守の間に「征韓論」が起こる。

当時は李氏朝鮮といわれるが、この

「李氏朝鮮」は、古代の「箕氏《きし》朝鮮」などと区別した呼称なのだが、一時韓国政府が、「朝鮮朝」という呼称に変えるよう言い、日本でも「朝鮮朝」としていた時期があった。現在の北朝鮮を「金氏朝鮮」と呼んだのは川村湊である。

朝鮮は徳川時代に通信使を送って日本と国交があった。だが中華思想に基づいて、より正統な儒学の国だという自負をもつ朝鮮は日本を野蛮国として見下す面

錦絵「征韓論之図」 画／楊洲斎周延　一番右側のコマに板垣退助、切野利秋、後藤象二郎、西郷隆盛、木戸隆光らが描かれている。中央には江藤新平、大隈重信、三条実美ら、左端コマには有栖川宮、岩倉具視、大久保利通がいる。国立国会図書館蔵

があった。朝鮮は清国に半分属する形をとり、半ば鎖国していた。維新後、日本は朝鮮に使節を送り、開国して近代化し、ともに西洋列強に立ち向かおうと提案したが、朝鮮は無礼な態度でこれを斥けた。

西郷は、自分を使節として朝鮮に派遣してほしいと言った。そうすれば朝鮮は西郷を殺すだろう、それを機に開戦して朝鮮を討つ、という。三条らは困惑し、岩倉・大久保の帰国を待っ

た。
しかし、板垣や江藤が西郷に同調したため、大久保らの帰国前に西郷派遣が閣議決定してしまう。帰国した大久保・岩倉らは、いま外国と戦争をするわけにはいかない、内治が優先であるとして西郷らの決定を覆し、怒った西郷、江藤、板垣は下野した。これが明治六年政変である。

従来の征韓論理解は以上の通りだが、さまざまな説が出てまとまっていない。画期をなしたのは、毛利敏彦（一九三二―二〇一六）の『明治六年政変の研究』（一九七八）と、『明治六年政変』（中公新書、一九七九）で、特に後者は新書版だったため世間に広まった。毛利は江藤新平の親戚であるため、江藤は清廉な政治家で、商人と結託して汚職をしていた井上馨を江藤が追及しており、大久保は江藤を追い落とすため明治六年政変を起こしたとしていた。

毛利説では、西郷は戦争を起こす気はなく、ただ朝鮮を説得するために渡鮮するつもりだったという。これはほかの西郷擁護者も言うことだ。だが毛利説には日本史学者から批判があり、特に家近良樹《いえちかよしき》の批判は鋭く、大久保がなぜ井上のためにそうまでする必要があったのかと問うた。しかし毛利は自説を繰り返し、ついに田村貞雄や家近が、徹底批判して、毛利説は葬り去られたのだが、坂野《ばんの》潤治（一九三七―　）が、『西郷隆盛と明治維新』（講談社現代新書、二〇一三）でなぜか毛利説を蒸し返し、西郷は攘夷論者だったことはないと言い、その根拠として、西郷が当時交わった中に吉田松陰がいないと言う。さらに、安政の大獄は歴史学者の中にはない俗論だと言い、これが「開国派」による「開国派」の弾圧だとして、橋本左内の例をあげるのだが、では梅田雲浜や吉田松陰はどうなのか。坂野は「安政の大獄」は将軍継嗣問題での争いだと言うが、攘夷派の水戸斉昭の息子を将軍にしたらまずい、というのが井伊の判断ではないのか。

征韓論については、江華島《こうかとう》事件に対する西郷の論評をひいて、西郷は征韓論者ではない、と言うのだが、軍事力のやり場がなくて困っていた、という説明をとっているので、別に通説への反論にはなっていない。坂野は東大名誉教授だが、まるで素人が思い付きで書いたような本で、どうしちゃったんだろうと思う。

最近は、西郷は戦争をする意図はなかったというので、「征韓論」ではなく「遣韓論」と言う向きもあるが、だとするとなぜ廟堂《びょうどう》が分裂するほどの騒動になったのかが分からない。西郷が朝鮮を説得するつもりでも、あちらは殺すだろうというのが大久保らの批判だったとすれば、同じことである。

司馬が考える西郷の征韓論

私が大学院へ入った一九八七年の十月に、歌舞伎座で野口達二（一九二八—九九）の新作「西郷隆盛」が上演されたので観に行った。福田恆存が監修していて、西郷を松本幸四郎（現・白鸚《はくおう》）、勝海舟を中村富十郎が演じていて、逆じゃないかと思った。何とも中途半端な愚劇で、福田恆存がなんでこんなものに関わったのかと思った。没後百十周年を記念して、東京都、鹿児島県、鹿児島市が後援し、鈴木俊一都知事、浩宮（現皇太子）、中曽根総理も観劇に来たきなくさい芝居だった。脚本は『野口達二戯曲撰』（演劇出版社、一九八九）に入っているが、野口ははしがきで、「西郷は征韓論者にあらず」ということだ、と書いているが、もちろん西郷は、行って話せば分かる、と最初から言っているのだから、これでは議論にも何もなりはしない。

結局、征韓論と西郷を合理化、正当化しようとする試みはみな失敗している。司馬は通説を受け入れて、こう言っている。

西郷は、全国三百万人といわれる没落士族を救う道は、

「外征以外にない」

とみた。

単なる好戦的侵略論とみてやるべきではないであろう。

（中略）

……かれは一方では自分のつくった明治政府を愛さざるをえない立場にあり、一方では没落士族への際限ない同情に身をもだえさせなければならない。

矛盾であった。


（『翔ぶが如く』文春文庫第一巻　Ｐ194～195）


西郷という、この日本的美質を結晶させたという点ではほとんど奇跡的な人格をもつ男は、青春のころから常によりよき死場所をもとめて歩き続けてきた。

死ぬために生きているという一見滑稽であるかもしれないこの欲求は、たとえ滑稽であるにせよその場所をはずしては西郷そのものが存在しなくなるのである。


（『翔ぶが如く』文春文庫第一巻　Ｐ237）

太閤秀吉の朝鮮出兵は、北条氏を滅ぼして日本が平和になると不況が来るからだ、という説がある。あるいは昭和初年、アメリカの経済恐慌のあおりを食って日本が昭和恐慌に陥り、「大学は出たけれど」という小津安二郎の映画が作られたが、それは結局、軍部の暴走と大陸への侵略につながっていった。二・二六事件の青年将校らも、農村の窮乏と、財閥・重臣の贅沢とのギャップへの怒りから行動を起こしたのである。戦後、敗戦の窮乏にあえぐ日本を救ったのは、朝鮮戦争の特需景気であった。戦争は景気を良くするのである。

西郷の考えは、こうした者たちのそれと違わないではないか。司馬は、攘夷の愚かさにも気づかなかったが、西郷の愚かさが昭和のそれと同質であることにも気づかなかったのか。要するに精神論である。政治に精神論を持ち込んだのが、十五年戦争の愚であろう。またその一方、まことに、精神論は厄介である。

いや、司馬は気づいていただろう。だが、西郷についてこのように書いたほうが、保守的な読者層には受けると思って書いていたのだろうと思う。職業的小説家として、そう判断するのは分かる。第一、歴史小説を書く際に、生理として、どうしてもその主人公を正当化してしまうもので、平岩弓枝の『妖怪』など、悪名高い鳥居耀蔵を描いてすらそうなるのである。

「人間分類のどの分類表の項目にも入りにくい」西郷

『竜馬がゆく』では、西郷についてこう書いている。

すこし抽象的にいうとすれば、西郷というひとは人間分類のどの分類表の項目にも入りにくい。たとえば西郷は、革命家であり、政治家であり、武将であり、詩人であり、教育家であったが、しかしそのいずれをあてはめても西郷像は映《うつ》り出てこないし、たとえむりにその一項を押しこんでも、西郷は有能な職能人ではなかった。つまり職業技術者ではなかった。

哲人というほかない。

西郷は「敬天愛人」という言葉をこのんだが、これほど私心のない男はなかった。

若いころから私心をのぞいて大事をなす、ということを自分の理想像とし、必死に自己を教育し、ついに中年にいたって、ほとんどそれにちかい人間ができた。

天性によるだろうが、そういう鍛錬によって、異常なばかりに人を魅きつける人格ができあがった。この異常な吸引力がかれの原動力となり、かれのためには命も要らぬという人間がむらがってあつまり、それが大集団となり、ついには薩摩藩を動かし、この藩を幕末のなかに投じることによって、維新が完成した。

西郷の精神像の底まで理解することはほとんど至難

『翔ぶが如く』の征韓論のところでは、長くなるが、こう書いている。

後世の場からこの場の西郷を、西郷の精神像の底まで理解することは、ほとんど至難といっていい。

この場の西郷の意見は、外政論としては単にせっかちな帝国主義としてしか分類されないであろう。その意見にふくまれている内政思想は、維新で特権身分であることをうしなった士族の代弁者であるとしか見られず、その政治の総合感覚のなかには国家財政の要素がなく、さらには実感的な国際感覚に欠けるところがある。

(中略)

西郷は、その思いが募りにつのっているはずの国家成立の原理的課題をなぜこの場で論じなかったのか。

この当時の日本にはその思想を表現する方法がなかったからであろう。その課題を論理構成する思想的習慣がないために述語さえ乏しく、かろうじて中国の政治論的な語彙か、中国の典籍の比喩をつかって不得要領に表現するしかなかった。

西郷は国家の基盤は財政でもなく軍事力でもなく、民族がもつ颯爽とした士魂にありとおもっていた。そういう精神像が、維新によって崩れた。というよりそういう精神像を陶冶してきた士族のいかにも士族らしい理想像をもって新国家の原理にしようとしていた。しかしながら出来あがった新国家は、立身出世主義の官員と、利権と投機だけに目の色を変えている新興資本家を骨格とし、そして国民なるものが成立したものの、その国民たるや、精神の面でいえば愧ずべき土百姓や素町人にすぎず、新国家はかれらに対し国家的な陶冶をおこなおうとはしない。こういう新国家というものが、いかに将来国庫が満ち、軍器が精巧になろうとも、この地球において存在するだけの価値ある国家とはいえない、と西郷はおもっている。

「であるから」

と、以下、西郷の座談や書簡類からその断片をひろって、かれの言葉を簡潔にまと

めてしまうと、

「外征することによって逆にせめられてもよい。国土が焦土に化すのも、あるいは可である。朝鮮を触ることによって逆にロシアや清国が日本に攻めてくることがあるとしても、それはむしろ歓迎すべきである。百戦百敗とするも真の日本人は焦土のなかから誕生するにちがいない。国家にとって必要なのはへんぺんたる財政の収支表や、小ざかしい国際知識ではない」

というようなことであった。

が、かといって西郷は焦土を望んでいるのではなく、民族に内在する勇猛心をひき出すことによって、奈良朝以来、あるいは戦国このかた、太平に馴れた日本民族に精気をあたえ、できれば戦国期の島津氏の士人がもっていた毅然とした倫理性を全日本人のものにしたいという願望があった。西郷の征韓論がそれにつながるかどうかはともかく、かれが新国家の基盤に一個の高貴な原理性をすえようとした思想は、その後の日本国家がついに持たなかったものであった。

「死に場所を求めた」といった西郷の解釈も、何やら三島由紀夫を思わせる。私は三島も嫌いだし、あの死に方の愚劣さはヘドが出るほど嫌いである。断っておくが私は九条改憲論者だが、三島のあのような行動に効果があるわけがないのである。

二・二六事件や右翼の先駆けだった西郷

司馬は三島の自決に際して「異常な三島事件に接して」を書き、吉田松陰を持ち出している。だが三島の自害は、芥川や太宰と同じ文学的なものだと言っているが、それが全部かどうかは疑わしい。また、松陰のほかにそういう人物はいなかったというが、二・二六事件というのもその類だろう。

司馬は、福沢諭吉の「丁丑《ていちゅう》公論」などを持ち出している。「丁丑《ひのとうし》」は明治十年の干支で、福沢が西郷を擁護した文章だ。これと、幕臣だったのに新政府に仕えた勝海舟と榎本武揚を批判した「瘦我慢の説」が、八〇年代に話題になり、ともに講談社学術文庫に入ったことがあった。文明開化の福沢がこんな古風なことも言っていたというのだ。私も当時少しかぶれたけれど、今にして思えば、「門閥制度は親の仇でござる」の福沢も、しょせんは武士出身だったというだけのことにしか思えない。だいたい「天は人の上に人をつくらず」の福沢は「帝室論」などというものを書いて、人の上に人を作るのを認めてしまったのである。

近代日本の政治は、大久保から伊藤博文、西園寺公望、吉田茂といった、資本制的・対外融和路線でやってきた。特に戦後は、対米協調路線である。それに対して、左翼と右翼の双方が反撥し、十五年戦争では右翼側が勝った結果として戦争になり、敗戦になったのである。伊藤博文は、日露戦争にも、韓国併合にも反対だった。

西郷は、二・二六事件の先駆であり、右翼のさきがけになっている。現に右翼思想家の葦津珍彦は、『永遠の維新者』（一九七五）で西郷を礼賛し、明治維新で「王土王民」になるはずだったのが、「国土国民」になってしまったため西郷は叛乱したのだと書いている。「王土王民」というのが何のことかは分からないが、左翼の「永久革命論」（特に毛沢東の文化大革命）に似た空理空論かオカルトに近いものだろう。何だか分からない精神論である。

「アジア諸国、特に東アジアが手をたずさえて西洋列強に当たる」というのが、大東亜戦争のイデオロギーであり、だがその結果は、アジア相戦うという悲劇になった、と林房雄は『大東亜戦争肯定論』に書いている。それはその通りである。明治以後、日本の一部知識人は、この「アジア主義」の迷妄に踊らされてきた。晩年の廣松渉が突如アジア主義を唱えたのを覚えている人もいるだろう。古田博司が『東アジア・イデオロギーを超えて』で言うとおり、東アジアの連帯は不可能なのである。それが西郷に分からなかったのはやむをえない。だが、西郷を、大東亜戦争の過ちのあとで称揚するのは愚かである。

木戸孝允は、西南戦争の最中に病に倒れ、「西郷、もうたいがいにせんか」とうわごとを言いつつ息を引き取った。大久保は翌明治十一年（一八七八）、馬車で出仕する途次、紀尾井坂で暴漢に襲われて死亡した。これは島田一郎ら石川県士族で、黒田清隆が妻を斬り殺した事件を大久保が隠蔽したことが原因と言われているが、詳細は不明である。

こうして、「維新の三傑」は僅々二年の間に三人とも死し、伊藤博文らが後を継ぐことになる。

江藤淳はその中期において「治者」を理想としたと言われた。ためにその晩年『南洲残影』で西郷を描いたことが波紋を呼んだが、すでに後期の江藤は、三島的な亡びの美と反米意識にとりつかれ、中期の冷静さを失っていた。

最近、大久保を描いた秋山香乃《かの》の『氷塊　大久保利通』という小説を読んだが、表題通り大久保があまりに冷酷な人間なので、力の入れようがなかったと見えた。

第五章

『坂の上の雲』より、『ポーツマスの旗』

小説『坂の上の雲』は成功か、失敗か？

『坂の上の雲』を読み始めて「おや？」と思うことがある。正岡子規を、最初から「子規」と呼んでいるのである。

『国盗り物語』ならば、松波庄九郎であり、『花神』なら村田蔵六であり、『胡蝶の夢』なら伊之助である。ならば「子規」ではなく「升《のぼる》」であるはずではないか。

この小説は「産経新聞」に連載された。明治百年を記念したものであろう。日露戦争における、日本海海戦の勝利は、ロシヤに圧迫されていた北欧やトルコの人民を喜ばせ、それらの国では東郷平八郎の銅像が立ったりしているという。

東郷の幕下にあって「天気晴朗なれど波高し」の電報を打ったのが、秋山真之《さねゆき》である。

坂の上の雲

『坂の上の雲』文藝春秋／文春文庫／全8巻
初出　1968年4月～「産經新聞」
中国大陸でコサック兵と死闘を繰り広げた秋山真之、日本海海戦でバルチック艦隊を破った秋山好古、そして近代俳諧の礎を築いた正岡子規。3人の生き方を通して、明治という近代国家を描いた司馬の代表作。

愛読者カード

このハガキにご記入頂きました個人情報は、今後の新刊企画・読者サービスの参考、ならびに弊社からの各種ご案内に利用させて頂きます。

●本書の書名

●お買い求めの動機をお聞かせください。
1. 著者が好きだから　2. タイトルに惹かれて　3. 内容がおもしろそうだから
4. 装丁がよかったから　5. 友人、知人にすすめられて　6. 小社HP
7. 新聞広告（朝、読、毎、日経、産経、他）　8. WEBで（サイト名　）
9. 書評やTVで見て（　）　10. その他（　）

●本書について率直なご意見、ご感想をお聞かせください。

●定期的にご覧になっているTV番組・雑誌もしくはWEBサイトをお聞かせください。
（　）

●月何冊くらい本を読みますか。
（　冊）

●本書をお求めになった書店名をお聞かせください。
（　）

●最近読んでおもしろかった本は何ですか。
（　）

●お好きな作家をお聞かせください。
（　）

●今後お読みになりたい著者、テーマなどをお聞かせください。

ご記入ありがとうございました。著者イベント等、小社刊行書籍の情報を書籍編集部HP（www.kkbooks.jp）にのせております。ぜひご覧ください。

郵 便 は が き

お手数ですが
62円分切手を
お貼りください

170-8457

東京都豊島区南大塚
2-29-7
KKベストセラーズ
書籍編集部行

おところ 〒

Eメール @ TEL ( )

(フリガナ)
おなまえ

年齢 歳
性別 男・女

ご職業
会社員 学生(小、中、高、大、その他)
公務員 自営
教 職(小、中、高、大、その他) パート・アルバイト
無 職(主婦、家事、その他) その他( )

その兄がやはり軍人で、満州でロシヤ軍と戦った秋山好古《よしふる》。いずれも愛媛県の出身で、秋山兄弟と子規を描いたのがこの長編だ。司馬は子規が好きだったか、『ひとびとの跫音』という子規をめぐる長編随筆も書き、読売文学賞を受賞している。

一九五七年には、渡辺邦男監督で「明治天皇と日露大戦争」という映画が作られている。明治天皇は嵐寛寿郎、東郷を演じたのは田崎潤である。明治百年では、六九年に「日本海大海戦」が丸山誠治監督で作られ、三船敏郎が東郷を演じた。

この作品で、やはり司馬は「産経新聞」出身の右翼作家だと見る人もいたようだ。『「明治」という国家』で司馬は、

私は軍国主義者でも何でもありません。（略）日本海海戦をよくやったといって褒

秋山好古（1859～1930）　秋山真之の兄。陸軍大学校を経て、1887年フランスに留学。日清・日露戦争では騎兵部隊指揮官として活躍した。国立国会図書館

めたからといって軍国主義者だというのは非常に小児病的なことです。私はかれらは本当によくやったと思うのです。かれらがそのようにやらなかったら私の名前はナントカスキーになっているでしょう。

と言っているが、別にロシヤは日本を征服しようとしていたわけではない。日露戦争は朝鮮と満州の覇権争いから起きたのである。現に伊藤博文は開戦に反対していた。夏目漱石は、『三四郎』の中で、広田先生に、日露戦勝に浮かれる国民に「亡びるね」と言わせている。

しかし司馬は、生前『坂の上の雲』の映像化は認めなかった。小説家は、売れる小説を書いて自身と出版社に利益をもたらすことが第一義だから、別にいいのである。だが私には『坂の上の雲』が成功した小説とは思えない。

子規を入れたのは、軍国主義者と言われないため？

一九六九年に『アメリカにおける秋山真之』を刊行した島田謹二は、東大名誉教授の比較文学者である。東北帝大の英文科出身で、佐藤春夫に師事し、台北帝国大学で教えていた。主たる業績は『日本における外国文学』である。『ロシヤにおける広瀬武夫』のような軍人伝は、比較文学の業績ではない。島田は、ある種の「軍事オタク」で、少年期から、戦艦についてやたら詳しく調べていた。

私は、軍事オタクではないが、むしろ、近代戦争にあまり興味がない。戦記ノンフィクションもいくつか読んだが、さして興味はそそられなかった。高橋弘希という若い人が「指の骨」という戦争を描いた小説でデビューした時、石原千秋などは絶賛していたが、

正岡子規(1867~1902) 父は松山藩士。帝国大学文科大学中退。短歌の革新運動を進め写生論を提唱。短歌革新に着手し、根岸短歌会を主宰。国立国会図書館

秋山真之(1868~1918) 日清戦争に従軍し1897年に米国留学。海軍大学校教官として講義した戦略等は日本海軍の兵学の基本理論となる。国立国会図書館

私は何も感じなかった。だがそれは私が、戦争に興味がないからである。それは、反戦主義者だからということではない。私は国家は軍隊を必要とするし、時には戦争も必要だと思っているし、軍歌はけっこう好きなのだが、戦争というのは細々した細部から成っていて、それに対して、鉄鋼の精製過程に興味がないように興味がないだけである。大岡昇平の『レイテ戦記』も全三冊の文庫本を買ったが、どうしても読む気にならず売ってしまった。

だいたい、秋山真之と正岡子規は、友達だったといっても、途中からは別の道を行っているので、秋山と子規を描いても、単なる、一時友達だった二人の平行伝記にしかならないのである。司馬は、秋山だけを描いたら、軍国主義者と言われるので、子規を入れただけとしか思えないではないか。

本音では大江健三郎が好きだった?

吉村昭や井上靖のように、はじめ純文学作家で、歴史小説を書き出した人はともかく、最初から歴史作家であった作家というのは、どういうものであろうか。つまり、文学的素養というのはどの程度あるものだろうか。

司馬は大江健三郎を初期に高く評価していたというから、文学の鑑識眼はある。とはいえ、『アメリカ素描』では、シムノンのメグレ警視シリーズを、中身を忘れてしまうから何度も読んだ、と書いていて、何とまあ無駄なことを、と思わせられる。

大江と司馬は、一九八五年、ＮＨＫ教育テレビの教養セミナーで対談しており、のち『別冊文藝春秋』に掲載された。「師弟の風景　吉田松陰と正岡子規」だが、七七年に「花神」が大河ドラマになった時、「天皇制」をめぐってＮＨＫへ批判的な投書があった、と脚本の大野靖子が書いている（大河ドラマガイドブック）。しかし大江はそういうことには触れず、ごく大人な対談に終始している。

これは私の想像だが、司馬は大江が好きだったのではなかろうか。だが自分は歴史作家として、保守論壇にかわいがられて生きていきたい。そこで大江の郷里である愛媛県の人物を主人公に『坂の上の雲』を書いたが、結局は保守派文化人が喜ぶ結果になり、困ったが映像化だけは拒否した。それが司馬の本音ではなかったか。

子規というのも、近代俳句の生みの親ということで、偉いことになっている。私も一時期、その随筆『病牀六尺』『仰《ぎょう》臥《が》漫録《まんろく》』などを岩波文庫で読んで、面白いと思ったことがある。ただその後、子規には「差別俳句」があることを知り、それが機縁であまり好きではなくなった。というか子規のことを考えるのも嫌になった。

鶴の巣や場所もあらうに穢多の家

という、明治三十四年の句で、『墨汁一滴』に入っているのだが、一九〇一年になってこんな俳句を作る子規のことを考えると、私は嫌でならない。世間には子規好きはいくらもいるから、私一人くらい嫌いでもいいだろうと思う。藤村の『破戒』はこの五年後のものである。

これが「若く健康な日本」であろうか。司馬は、日露戦争以後の日本が悪い、と言うが、それまでの日本が本当に若く健康であったか。西南戦争や大日本帝国憲法が若く健康であったか。

最近では俳句というのは、お茶やお花や、あるいは謡曲のような、素人の習いごとになってしまっている。「ＮＨＫ俳句」のような番組では、素人が作ったいかにも素人な俳句を、プロの俳人が添削しているし、民放にもそんな番組があるから驚く。小説や美術では考えられないことで、俳人からしたらそれが収入になるのだからしょうがないが、こういうことが結局「第二藝術論」を裏書きするような結果になっているのではないか。

結局、『坂の上の雲』は、面白くないし、小説として失敗しているのだ。それを、日露戦争を描いたというので政治的イデオロギーから称揚する人がいるから不快なのであって、たとえば野間宏の『青年の環』を左翼方面で褒めるのと同じことなのだ。

読むべき小説は『ポーツマスの旗』

『坂の上の雲』より、その講和条約たるポーツマス条約のため全権大使として渡米した小村寿太郎を描いた吉村昭の『ポーツマスの旗』のほうを読むべきだろう。日露戦争は、実際には勝利ではなく引き分けである。日本はこれ以上戦争を続ける余力はなく、米国の仲介で和睦したのである。そのため賠償金もとれず、かろうじて樺太の南半分を割譲されただけで、日本の実情を知らない国民が講和条約に不満で日比

ポーツマスの旗

『ポーツマスの旗』　吉村　昭著
外相・小村寿太郎を中心とする日露戦争後のポーツマス条約締結までを描く。吉村昭（1927〜2006）は、同書刊行の1979年に「ふぉん・しいほるとの娘」で吉川英治文学賞受賞

谷焼き討ち事件を起こしたのである。

私は、「明治」にうんざりしていた時がある。というのは、私の師匠たちがやたらと明治好きだったからである。私の師匠は島田謹二門下の「保守派」「右翼」だから当然なのだが、司馬は明治を「透明なリアリズムに満ちた」などといって褒めているが、「明治は暗い時代だった」と言う人もいる。

ある時代がいいか悪いか、というのは、誰にとって、ということを考えなければならない、と思ったことがある。たとえば日本の敗戦を江藤淳は恨みに思いアメリカを憎んだが、それは江藤が中産階級の出身で、敗戦によって自分の家が没落したと思っていたからだ。農地改革や財閥解体で、金持ちは「斜陽族」になった。しかしそれより下の階級にとっては、民主化はよいことだった。私はチェーホフの「桜の園」を観ると、没落するラネーフスカヤより、新興階級のロパーヒンのほうに共感して「ざまあみろ地主め」としか思わないのである。

失業してついにうだつが上がらず死んでいった武士には明治は呪わしい時代だったろうし、商業で成功した人にはそれこそ坂の上の雲だったろう。

『細雪』の世界は美しいが、それは中産階級の生活が女中に支えられていたからで、女中や農民にとってもいい時代だったかは疑わしい。私などその時代に生まれていたら、大学も行けなかったかもしれない。

一九八〇年代後半から「江戸ブーム」があったが、これを煽っている人は、自分は徳川時代に生まれたら豪商ででもいるつもりでいたようだった。その時代時代でいい思いをする階級というのはあるので、どの時代がいい、悪いというのは馬鹿げている。

もっとも人類というのは、古代においては闘争殺戮の日々だったのが、次第に暴力性を少なくしていき、近代になって民主化が進み暴力も減ったのである。二十世紀を戦争の世紀などと言う人がいるが、それより前はもっと戦争ばかりしていたのである。

薩長の維新達成の手口の卑劣

日本の明治期は、西洋で言えば、ドイツのカイザー時代であり、イタリアの王政時代であり、フランスの第三共和政であり、ロシヤの帝政時代である。どの国も、近代初期の弊風はあり、社会主義者を弾圧し、皇帝が独裁したり、非西欧の地域を植民地化していた。日本だけが悪かったなどということは毛頭ないのだが、日本が特に良かったということもない。

原田伊織は『明治維新という過ち』（二〇一二、のち講談社文庫）で、吉田松陰をテロリストとして批判し、薩長の維新達成の手口の卑劣を指摘している。これに私は同意するのだが、原田が、徳川時代が良かったとする『三流の維新　一流の江戸』（ダイヤモンド社、二〇一六）は、八〇年代以降の江戸ブームに乗っかったものでまったくいただけない。すでに私の『江戸幻想批判』（新曜社）という書物があるのだから、原田は堂々と議論をすべきだったが、単に「江戸」のいいところつまみぐいの本である。

念のために言っておくが、渡辺京二の『逝きし世の面影』（平凡社ライブラリー）はやたらと人気のある本で、前近代日本の美化ものだが、裸体に関する考察は間違っているし、娼婦に関する渡辺の認識も誤っている。全体について言うなら、渡辺が、近代化によって失われたもの、と言っているのは、「自足する精神」であろう。生まれた身分や境遇に満足し、そこから抜けようとしないという精神が失われたと言っているのだから、世が世なら大名か公家、といった人が喜ぶのはいいが、徳川時代なら貧乏人の子供だったというような人間が読んで喜ぶのはおかしいのである。「置かれた場所で咲きなさい」などというのも、これと同じ保守思想である。

徳川幕府を「尊王攘夷」で倒したことが間違い

徳川将軍（家）を中心として近代化を進めるということはありえただろうが、果たしてその体制で、身分制を解体できただろうか。原田が、身分制があってもいい、と言うならそれはそれで一つの思想だが、原田はそこをごまかしている。

「徳川の平和」などという語も出てくるが、これは他国に背を向けた鎖国体制と、徳川幕府の厳しい統制によって成り立っていたもので、これでは九条護憲派と変わらないではないか。原田自身は、日本国憲法九条を「非人道的」だなどと書いているが、では「徳川の平和」を持ちだす理由は何ぞや。

「徳川の平和」パックス・トクガワーナという語を作った芳賀徹は、明治初期の高橋由一《ゆいち》らの油絵を論じて、せっかく日本人が自ら西洋の油絵を学んで描き始めたのに、アーネスト・フェノロサのような西洋人が、日本の古美術を礼賛しすぎたために、油絵を正当に評価できなかったと批判している。芳賀のこの二面性を理解しなければ、「徳川の平和」などとは言えないのである。

つまりは、何らかの形で徳川幕府は倒れねばならず、近代化は必然だったが、「尊王攘夷」のような旗印でこれをやってしまったことが、現代にまで祟っているのである。

司馬は、明治維新を「革命」だと言っている。だが「王政復古」なので、それを「革命」といえるか、疑問である。フランス革命にもロベスピエールの恐怖政治《テルール》などの暗黒面があるが、あれは「貴族政治から民主政治へ」「君主制から共和制へ」という方向に進んだものである。明治維新は、「尊王攘夷」で、「尊王」はやったけれど、それは単に徳川将軍が天皇に変わっただけ、攘夷に至ってはやらなかった。そういう歪みがあって、革命とは言えないと思う。

第六章

『胡蝶の夢』と司馬凌海

～あるお伽噺～

『胡蝶の夢』に描かれた佐渡の司馬凌海

『胡蝶の夢』の主人公は三人いる。司馬凌海（一八三九—七九）、松本良順（一八三二—一九〇七）、関寛斎（一八三〇—一九一二）である。だが冒頭から主役を張るのは凌海で、はじめは佐渡の「島倉伊之助」として登場する。司馬凌海はあまり知られていないから、連載中に読んでいた中学生の私が、これが誰だか分からなかったのは当然で、大人でも分からなかったらしい。まぎらわしいので、以下「司馬」と書いたら遼太郎のことで、司馬凌海は「凌海」とする。

はじめは松本良順を描くつもりだったのが、凌海から始めることになったらしい。そのために司馬は佐渡へ取材に行って、郷土史家の山本修之助（一九〇三—九三）に話を聞いている。山本は代々佐渡の本陣を務めた山本半右衛門家の当主で、『司馬凌海』

胡蝶の夢

『胡蝶の夢』新潮社／新潮文庫／全4巻
初出　1976年11月～「朝日新聞」
佐渡出身の異端の医師・司馬凌海と御用医を務めた松本良順。二人の時代との関わりを描く。

（一九六七）のほか多くの私家版の著作がある。司馬が取材に行ったのは一九七七年で、一九六一年には川端康成も取材に行って山本に会ったはずなのだが、裏付けがとれていない。いったい川端が何を書くつもりだったのかは分からないが、『雪国』がそうであるように、川端は土地を見てから書くことを思いつくタイプだから、佐渡では収穫がなかったのだろうか。

太宰治の「佐渡」に、太宰が船で佐渡へ渡った時、こちら側に佐渡が見えて来て、さらにその向こうに大きな島が見えた。佐渡の地形からそうなるのだが、太宰はその大きいのを満州ではないかと錯覚したという。有名な話で、司馬の『街道をゆく』にも書いてある。私は一度この情景を見たいと思っていたが、ユーチューブ動画のおかげで見ることができた。私が実際に佐渡へ行くことがあるかどうかは、分からない。

司馬が凌海のことを知ったのは、子母澤寛の小説によってではなかろうか。子母澤は、松本良順を描いた小説を二つ書いている。『花の雨』は、一九五七年から『週刊読売』に連載されて五八年に講談社から刊行され、のち角川文庫と徳間文庫に入った。『狼と鷹』は一九六七年に文藝春秋から刊行されており、連載などされたかは確認できていない。このいずれにも、司馬凌海が登場する。

山本の『司馬凌海』に、子母澤は凌海を「目っかち」だと書いているが、実際は斜視（やぶにらみ）だとある。これは『花の雨』のことで、山本著と同年に出た『狼と鷹』では、片目とは書いていない。

子母澤は、鈴木要吾という幕末医学史の研究家の仕事を参考にしているが、作中で鈴木の名がよく出てくる。司馬はこれを頼りに書いたのだろう、『胡蝶の夢』の良順のところは、『狼と鷹』とだいぶ重なっている。

司馬凌海（1839～1879）　佐渡の半商半農の家に生まれる。本名は島倉亥之助。語学の天才で6ヵ国語に通じ、不羈奔放な性格だったという。真野小学校所蔵

司馬が描かなかった凌海の「女たらし」部分

ところが、司馬凌海の描写は、子母澤と司馬では全然違う。奇人には違いないのだが、司馬が描く凌海は、語学の天才ながら何やらいつもぼうっとしているような、コミュニケーション障害のあるような人物として描かれており、世間では「アスペルガー症候群」

出版案内

KKベストセラーズ

〒170-8457 東京都豊島区南大塚 2-29-7
振替00180-6-103083 ☎03-5976-9121(代)
http://www.kk-bestsellers.com/

2017年12月の新刊

〈ベスト新書〉
『人間革命』の読み方
島田裕巳 本体価格824円

がんばる理由が、君ならいい
0号室 本体価格1000円

人気のベストセラー

長友佑都体幹トレーニング20
63万部
長友佑都 本体価格1000円

アドラー心理学入門
25万部
岸見一郎 本体価格648円

●価格はすべて本体価格です。

2018.1.15

《文芸・文化・社会》

- がんばる理由が、君ならいい　号室　1000円
- 箱根駅伝ノート　酒井政人　1250円
- 道なき未知　森博嗣　1400円
- おい、小池!　適菜収　1300円
- 吹部ノート③　オザワ部長　1200円
- 日本は誰と戦ったのか　江崎道朗　1157円
- リベラルの自滅　馬渕睦夫　1200円
- 北朝鮮の終幕　田中健之　1296円
- どうすれば愛しあえるの　宮台真司　二村ヒトシ　1600円
- 幻の名著復刊　中国思想史　小島祐馬〔著〕呉智英〔解説〕　2900円
- 思わず話したくなる　究極のディズニー　みっこ　1050円
- 安倍でもわかる　保守思想入門　適菜収　1300円
- 経済で読み解く　織田信長　上念司　1111円
- 「最高のチーム」の作り方　栗山英樹　1350円
- 米国人弁護士が「断罪」東京裁判という茶番　ケント・ギルバート　1400円
- 安倍でもわかる　政治思想入門　適菜収　1300円
- 勇気は、一瞬　後悔は、一生　号室　1000円
- 赤い帝国・中国が滅びる日　福島香織　1400円

秘密の花園　800円

変わる新常識④

壁　野村克也　650円

決めて断つ　黒田博樹　822円

白熱講義！憲法改正　小林節　665円

アドラー心理学実践入門　岸見一郎　600円

愛国論　田原総一朗　百田尚樹　640円

蘇我氏の正義 真説・大化の改新　関裕二　685円

《占い・精神世界》

六星占術 あなたの運命が変わる方位学　細木数子　1238円

運命の「絆」　細木数子　1300円

先祖の祀り方　細木数子　1300円

ムーン・マジック　岡本翔子　1800円

《競馬の本》

競馬攻略カレンダー2018【上半期編】我、かく戦えり！　水上学　917円

新・競馬3点突破論 究極の馬券W　今川秀樹　917円

馬券術政治騎手名鑑2018排除の論理　樋野竜司&政治騎手WEBスタッフチーム　1722円

馬券術日刊コンピ上流階級理論　浅田真人　1600円

《趣味・実用書》

季節の部屋飾り12か月	いまいみさ	1500円
PITCH LEVEL	岩政大樹	1350円
アドレスで飛ばしなさい	安楽拓也	1100円
あきのズボラ家計簿	あき	1250円
ハワイ式腸のマッサージ	レイア高橋	1350円
1日1分、2週間眼トレ 日比野&林田式	(著)日比野佐和子 (監修)林田康隆	1300円
はいはいエクササイズ	枝光聖人	1400円
ショートゲームには上手くなる「順番」がある	藤田寛之	1050円
骨ストレッチ・ランニング	松村卓	1350円
長友佑都体幹×チューブトレーニング	長友佑都	1389円
「病気にならない家」6つのルール	上郡清政	1400円
長友佑都体幹トレーニング20	長友佑都	1000円

《ベスト新書》

『人間革命』の読み方	島田裕巳	824円
地産地消の生き方	島崎治道	815円
カイコ大学	浅川芳裕	
アルファ碁はなぜ	斉藤康己	

ではないかと言われている。これは現在では「自閉症スペクトラム」とされているのだが、それは措く。

だが、それは司馬が描いた凌海で、果たしてどの程度史料に基づいているのか分からない。子母澤が描く凌海は、ごく普通にしゃべっている。ただ女癖が悪く、別言すれば女にもてたということで、これは凌海自身の手記に、関係した女について記録したものがあるから確かである。

司馬は、凌海のこの「女たらし」の部分を描いていない。はじめのほうは「真魚《まな》」という変わった名前の女との純情な恋が延々と描かれているが、これは虚構である。凌海は斜視ではあったが体は大きかったようで、『胡蝶の夢』を読んでいると、とても女を次々と征服するような男には見えないのである。

『狼と鷹』の、凌海登場の場面は、こうである。

良順の門下に越後佐渡の人間で司馬凌海というのがいた。はじめ島倉太仲《たちゅう》といった。手あたり次第女を口説いては忽ち物にする。後ちに江戸へ帰ってからは、近所の子守っこなどのお腹が大きくなると、良順門人はみんな、

「また凌海だ」
といったという。しかし凌海これに言い訳もしなければ抗議もしない。何を言われても、にやにやしてるだけだ。

しかし、司馬が描いたようなぼうっとした「アスペルガー」の男に、次々と女を口説き落とすなどということができるだろうか。

それにまた、『胡蝶の夢』のあと、誰か医学史学者が凌海について調べて書いてくれて、なろうことなら司馬遼太郎の筆のどこまでが史料に基づいているのかも書いてくれたらいいのだが、四十年もたつのにそれがない。

司馬が描く凌海は、まるで「妖精」

司馬が描く凌海は「妖精」のようなのだが、これはもしかしたら誰かをモデルにしたのではあるまいか。

子母澤は、自身でよく調べて書いた歴史作家で、司馬も新選組についてはだいぶ子母澤を参考にしている。『狼と鷹』などは、『子母澤寛全集』には入っているが、不思議と文庫版になどはなったことがない。司馬にとって、子母澤はいくらか脅威だったかもしれない。もちろん、司馬の圧力で子母澤作品が文庫にならなかったということはないだろうが……。

山本修之助の本によって凌海の生涯を述べる。凌海は、佐渡国雑太郡《さわだ》新町村（現佐渡市）に天保十年（一八三九）に生まれた。島倉という家で、四人兄弟の長男、幼名を亥之助といい、一時「島倉太仲」と名のったが、自ら「司馬」を名のり「しま」と読ませていたという。諱《いみな》は盈之《みつゆき》である。

家は質屋で、祖父にかわいがられ、厳しく育てられ、納屋の二階で勉強をし、その間は納屋へ上がる梯子が外されていたという。

嘉永三年（一八五〇）、十二歳の年、祖父に連れられて江戸へ出て、唐津《からつ》藩の山田寛について漢学を学んだ。祖父は儒者にするつもりだったが、亥之助は医者になる決心をして、松本良順の父・良甫《りょうほ》の蘭学塾に入った。

秀才ではあったがいたずら者で、庭の蜂の巣に火をつけて蜂を殺したことがある。だが「蜂の霊を祭る文」という見事な漢文を書いたという。結局、塾を去り、佐藤泰然《たいぜん》についで医学を学んだが、安政二年（一八五五）、佐渡へ帰った。松本良順はこの年、長崎に来たオランダの医師ポンペ＝ファン＝メールデルフォールトに師事するため長崎へ赴く。なおこの「ポンペ＝ファン＝メールデルフォールト」は、これで姓であり、ポンペと略すのが正しい。名のほうは「ヨハネス・レイディウス・カタリヌス」である。

凌海の成績は抜群で、ポンペがオランダ語で講義するのを、その場で漢訳してさらさらと書き流していったという。その後長崎海軍伝習所に入るがここでも成績は抜群で、塾頭になったのをねたむ者がいて、粥に針を入れて凌海に呑ませた。針が喉にささり、苦悶の末切開手術をして取り出した。

そんなことがあったためか、文久元年（一八六一）、二十三歳の年に長崎を去って、旧知の平戸藩の医師・岡口等伝《とうでん》を訪ねて岡口家に滞在したが、等伝はかつて凌海に、娘婿になってほしいと言ったことがあり、ここでそれが実現して凌海は岡口家に婿入りして一子享太郎を儲けた。しかしこのことを、実家には知らせなかった。二年後、このことを聞きつけた祖父が驚いて、凌海を連れ戻しに平戸まで来た。

だが話し合いがついて、子供を残して凌海は祖父と佐渡へ帰る。凌海の「女アルバム」は伝説で、ラテン語で接した女の姓名・年齢・小伝が書かれており、一冊目は千人の女が記されていたという。おそらくは多くが娼婦だったであろう。

文久二年、凌海は『七新薬』という医学書を刊行している。凌海は佐渡で医師を開業し、オランダ医師ということで珍しがられたが、あまり患者は来なかったようだ。慶應元年（一八六五）、鈴木大之進重嶺《しげね》が佐渡奉行として赴任し、蘭方・漢方の医師の学識吟味を行ったが、凌海は佐渡の首都・相川に呼ばれて試験官を務めた。この時、相川鉱山のお雇い英国人のガール（と山本は書いているが、司馬はガワーとしておりこれが正しいのだろう）というのがいて、凌海はその通訳をしながら英語を学んだという。

人間は、幼児のころは自然に言語を習得する能力を持っているが、第二次性徴のあらわれる九歳から十一歳でその力は失われる。凌海はおそらくその能力を失わなかったケースで、語学の天才にはこういう人がいる。

奇人知識人が好きだった司馬

幕末、凌海は三十歳くらい、横浜へ出て東久世《ひがしくぜ》通禧《みちとみ》の師範役などしていたが、明治元年新政府の医学校三等医学教授に任命され、のち二等に進んだ。そこへ、ドイツからホフマンとミュルレル（ミュラー）という医師が来たが、ドイツ語を勉強していた凌海が横浜まで出迎えた。ミュラーは凌海がドイツ語で話すのを聞いて、「あなたはドイツに何年行っていましたか」と訊いた。凌海が、「まだ日本を離れたことはありません」と答えると、「私の妻はフランス人でもう十一年も一緒にいるがあなたほどうまくドイツ語はしゃべれません」と言ってミュラーが驚いたという。

凌海は、オランダ語、英語、ドイツ語、フランス語、支那語が相当にでき、ロシヤ語、ラテン語、ギリシア語も少しできたという。明治三年から八年まで、下谷練塀《ねりべい》町に日本で初めてのドイツ語塾「春風社」を開設し、明治五年には日本で初めてのドイツ語辞典『和洋独逸辞典』を出版した。

明治六年には、ドイツ人医師ホフマンが、天皇の命令で、脂肪過多症の西郷隆盛の診察に行くのに凌海と石黒忠悳《ただのり》が同行した。だが西郷が、診察を断った。ホフマンは「そう言われても、天皇陛下のお申し付けで診察に来た以上ひきさがることはできません」と言ったので、西郷も折れて診察を受けたという。司馬は、このことは書いていない。

その後凌海は愛知県病院医学教授となる。現在の名古屋大学医学部の前身である。ここで凌海に師事したのが後藤新平である。明治十年（三十七歳）にここを辞めて名古屋で開業した。だが肺結核に罹り京都で療養していた。明治十二年に熱海に転地療養したが、東京で治療を受けるため駕籠で出発した。だが、戸塚宿で病状が悪化し、三月十一日、満三十九歳で死去した。熱海に石黒忠悳が見舞いに来た時、凌海はたいへん感動したという。このことも、司馬は書いていない。

司馬が描く凌海は、あまりこの閲歴に合致しない。あの妖精のような（というか白痴のような）性格はうかがえないのである。この話は、「真魚」という女と伊之助との恋から始まるが、これはまったくのフィクションであろう。ここで、お互いに本名を名のることが「恋」の成立のあかしとして描かれており、伊之助は「盈之」という諱を名のっている。実際に本名を名のると愛の契約になるなどということはなかったろうが、司馬流お伽噺としてうまい。

凌海の言語能力について司馬は、「ただ頭がうずくようにして未知の文字や発音を欲しがり、見聞きするとおぼえてしまうだけのことである」とか、「『この大気の中に英語が浮遊していますｏ それを吸ったにすぎません』」という表現をしているが、これがいかにも妖精じみている。

司馬は、奇人知識人が好きである。村田蔵六を主人公に『花神』と題名をつけたのは、これもいくらか妖精的人物を描いたお伽噺風にしたかったからで、『胡蝶の夢』はそれをさらに誇張したものであろう。

松本良順は、維新直前のころに、浅草の非人頭《ひにんがしら》・弾左衛門を診察し、そこから、弾左衛門の身分を平民なみにするよう運動している。さらには、新選組と知り合い、その縁で会津戦争に軍医として参加している。そのため投獄されるが明治二年に出獄し、陸軍軍医総監、貴族院議員となり、のち男爵、「順」と改名している。

関寛斎は千葉の出身だが、やはり戊辰戦争に従軍、のち徳島に行き、医師として活動するが、明治三十五年（一九〇二）、七十二歳で北海道に渡り開拓事業に参加する。しかし大正元年（一九一二）、服毒自殺してしまう。

第七章

江藤新平と乃木希典

①『歳月』と江藤新平

中立的に描かれている『歳月』の江藤新平

『歳月』を読んだのは二年前のことだが、感心した。その頃司馬の未読のものを、ふと何点か読んだのだが、『項羽と劉邦』もその時読んだ。

『歳月』は江藤新平を描いた長編である。講談社文庫の一冊本で七百ページを超えたが、これくらいの分量がちょうどいい。

明治になって、それまで「西郷吉之助隆盛」など、日本の武士などは姓・諱に通称、官名、号、字《あざな》などいろいろな名前があったのを、一つに統一して届け出ることになった。西郷吉之助は隆盛としたが、弟に西郷従道という海軍軍人の政治家がいて、本当は「隆道」なのだが、戸籍係のところへいって「リュウドウじゃ」と音読みしたのを、薩摩訛を係が聞き違えて「あ、ジュウドウですな」と言って従道になってしまったという伝説があり、司馬もこれを書いている。

今でも、戸籍の名にはふりがながない。だから私の名前の「敦」は「あつし」と読むが、それが戸籍に書いてあるわけではないから、「とん」と名のってもいいのである。不思議なことだ。

「従道」は「つぐみち」とされたが、「じゅうどう」だという説もある。だが戸籍に書いてないのだからただ一つの真実というのはない。のち総理大臣になった山本権兵衛なども、「ごんべえ」だったのを、総理大臣がごんべえではおかしいというので「ごんのひょうえ」としたのだろうとか、ローマ字記載で「ごんひょうえ」とあるとかの説がある。

近代になって、夫婦同姓になり、そのため天璋院篤姫などは、戸籍上の名前は「徳川天璋院」であったという。和宮は「徳川道子」にでもなったのであろうか。

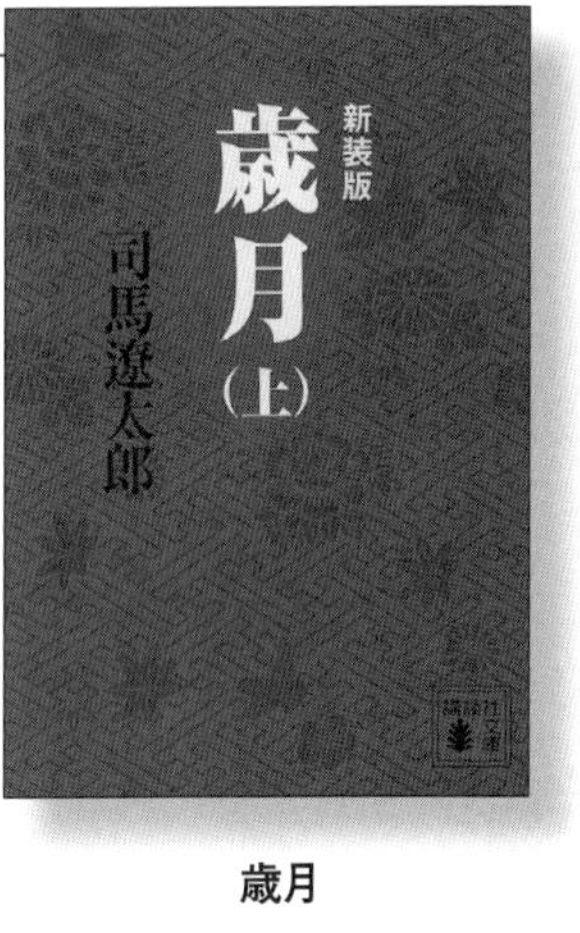

歳月

『歳月』講談社／講談社文庫／全2巻
初出　1968年1月号〜「小説原題」
佐賀の貧しい下級官僚出の江藤新平。佐賀の乱を起こし極刑となった江藤の生き方を描く。

さて「新平」というのは、諱ではなく通称である。江藤は平民好きで、それで通称を登録したという。「『にいひら』とでもしたらどうか」とからかわれたという。

江藤は、改定律例（近代刑法）を作成した。のち佐賀の乱を起こして、それで死刑になった最初の人間になったと言われる。

江藤は肥前佐賀の出身である。廃藩置県で、おおかたの「国」は、長門と周防が山口県になるなど統合されたが、肥前は佐賀と長崎に分割された。父は藩士だったが職務の上で咎められて蟄居したため苦しい少年時代を過ごした。のち脱藩して攘夷の志士として活動し、戊辰戦争では軍監を務めた。

のち明治政府に出仕し参議・司法卿となる。頭脳明晰であった。だが西郷の征韓論に与したため明治六年政変で下野し、民撰議院設立建白書を起草し、愛国公党を結成するが、佐賀へ帰る。

ところが佐賀では不平士族の叛乱の芽が出ており、江藤は帰ると島義勇《よしたけ》とともに首領

江藤新平（1834～1874）　父は佐賀藩士。尊王攘夷運動のち、開国論。新政府のもと司法制度整備や民法制定等に尽力。佐賀の乱で敗北し処刑。国立国会図書館

に祭り上げられ、たちまち討伐されてしまう。

いったんは落ち延びて薩摩へ行き、西郷を頼るが西郷は立たず、捕らえられて、東京へ戻されず佐賀へ大久保が来て裁判を行われて処刑された。『歳月』を読むと、すべて大久保の計略だったのであり、大久保の冷酷さに背筋が凍る。

維新後の江藤の経歴は西郷と同じなのだが、江藤は四民平等を唱えていた。西郷は、むしろ復古主義者のにおいがする。

『歳月』がいいのは、江藤が西郷のように世間から祭り上げられていないことと、司馬が中立的だからであろう。

②『殉死』と乃木希典

美化されがちな乃木の殉死

私が、乃木希典の「殉死」のことを知ったのは、一九七八年に民放で放送された、森鷗外を描いた三時間ドラマ「獅子のごとく」でである。鷗外を江守徹、乃木は副主役格で、米倉斉加年《まさかね》が演じた。

高校一年の年だったが、今後は静かな余生を送りたい、という妻に殉死を強い、妻を殺してから切腹し、さらに制服を着て頸動脈を斬るさまは恐ろしく、嫌だった。

『殉死』で、乃木が無能な軍人として描かれているとして反論している人もいるし、司馬は乃木に「滑稽」という語も使っている。司馬は乃木を批判的に描くつもりだったらしいが、しかし、全体としては乃木の殉死を美化している。

乃木は、西南戦争で軍旗を敵に奪われ、その責任のため死を考えていたという。これは、久米正雄の父が先蹤となった、学校が火事になって御真影が焼けて自殺する校長みたいである。

井上ひさしに「しみじみ日本・乃木大将」という戯曲があり、読売文学賞をとっているが、私は井上がどんな風に乃木をカリカチュアライズしているのかと楽しみにして読んだら、乃木の馬が会話するという趣向があるだけで、別に戯画化にはなっていなかった。

乃木の殉死というのは、小説でも戯曲でもドラマでも、創作として描いたら何だか真摯なものに見えてしまうのである。

殉死

『殉死』　文藝春秋社／文春文庫／全1巻
初出　1967年6月号～「別冊文藝春秋」
同書には「乃木ほどその性格が軍人らしい男はなく「乃木ほど軍人の才能に乏しい男もめずらしい」。

司馬作品ワースト作品は『殉死』

私の知る限り、乃木を批判的に描いたのは、佐々木英昭の『乃木希典』（ミネルヴァ書房）で、当時の乃木の評価を調べた上、乃木が学習院院長だった時に昭和天皇を教えたことをとらえて、戦争の責任をとらなかったのは乃木が教育を間違えたからだと論じていた。

しかし、昭和天皇は責任などとりようがなかったので、すべてはＧＨＱや吉田茂の思惑だったのだから、個人の資質の問題にしてもしょうがない。なお昭和天皇が戦争責任について訊かれて「そういう文学方面のことは……」と言ったのは、明治初期の「文学」のことで、自分は生物学者だから文系の学問のことは分からないと言ったのである。この「文系」には、法学や政治学も含まれる。

漱石の『こゝろ』も、乃木殉死を美化しているが、この小説は全編女性嫌悪に満ちたひどいもので、こんなものを近代日本文学の代表作のように言ってはいけない。

乃木のような人間を生み出したのは、明治の天皇制であろう。司馬は一方では、左翼の批判する天皇制は明治から昭和の敗戦までだったと言いながら、その明治時代を称賛している。乃木殉死の二年前には大逆事件も起きているが、司馬は大逆事件を描いたりはしなかった。瀬戸内晴美（寂聴）には、菅野スガを描いた『余白の春』がある。

要するに『殉死』は、司馬作品のワーストである。だが、『坂の上の雲』の登場人物

乃木希典（1849～1912）　父は長府藩士。戦術研究のためドイツ留学。日露戦争後、軍事参議官。学習院院長を兼任。明治天皇大喪の日、殉死。国立国会図書館

を主人公として、ワースト作品を書き、その筋の人々が褒めるのを見る、ということ自体が、司馬の皮肉であったのかもしれない、というのはうがち過ぎであろう。

第八章

明治維新型だった太閤秀吉

司馬が描かなかった朝鮮出兵

司馬には、戦国時代を描いた小説も多数ある。代表的なのは『国盗り物語』(連載期間。以下同。一九六三―六六)であろう。このあと、『新史太閤記』(一九六六―六八)がくるが、これは小牧・長久手の戦いで終わっており、そのあと『関ヶ原』(一九六四―六六)と、大坂の陣を描いた『城塞』(一九六九―七一)があり、その間を埋める『豊臣家の人々』(一九六六―六七)がある。さらに早い時期の、伊勢宗瑞を描いた『箱根の坂』(一九八二―八三)があり、山内一豊とその妻を描いた『功名が辻』(一九六三―六五)、黒田官兵衛を描いた『播磨灘物語』(一九七三―七五)、雑賀(鈴木)孫市を描いた伝奇的な『尻啖え孫市』(一九六三―六四)があり、『功名が辻』は上川隆也と仲間由紀恵で大河ドラマ、『尻啖え孫市』は中村錦之助主演で映画になっている。あとは長曾我部元親、盛親親子を描いた『夏草の賦』(一九六六―六七)、『戦雲の夢』(一九六〇―六一)がある。

中学生の頃私が愛読していたカゴ直利の戦国五部作は、だいたい司馬のこれらの作品をもとにして、斎藤道三から大坂落城までを描いていたが、司馬は実は秀吉の朝鮮出兵を描いていない。

司馬の六〇年代の執筆量はものすごいもので、一度に七つくらいの連載を抱えていたりする。いくら売れっ子作家でカネがあるといっても、こんな生活はごめんだと言いたくなる。司馬は七十三歳で急死したが、こんな仕事ぶりでは長生きは無理だったろうとさえ思われる。しかも七一年から死ぬまで「街道をゆく」を連載していたのである。

『国盗り物語』の前半は「斎藤道三編」、後半が「織田信長編」だが、後半はむしろ、知識人・明智光秀の苦悩を中心に描かれており、「光秀編」と考えるべきだろう。なお斎藤道三の実像はかなり不明確だが、近年は「道三二人説」が有力で、山崎の油売りから一代で美濃の領主になったのではなく、親子二代だったとされている。まとまった論文などがないのだが、宮本昌孝『ふたり道三』がこの説に基づいて書かれている。

『箱根の坂』の伊勢宗瑞（北条早雲）にしても、従来は一四三二年生まれとする説が主で、そのため伊豆を手中に収めたのは六十歳を過ぎてからということになっていたのだが、近年は一四五六年生まれ説が有力で、それだと四十歳前に武将として旗揚げしたことになる。後を継いだ北条氏綱が一四八七年生まれであることを考えても、後者の説が有力かと思われ、司馬がいま書いたらこちらを採用したのではないか。

『城塞』には、はじめ織田有楽斎が、本能寺の変の時そこから逃げ出した、と書いてあり、あとのほうでは、たまたまその場にいなかったため助かった、とある。また織田信《のぶ》雄《かつ》について、関ヶ原の時に石田三成から、尾張をやると言われて従おうとしたが、子の秀雄《ひでかつ》から、小牧・長久手でともに戦ってくれた家康に弓を引くのかと諫められてやめた、とある。だが秀雄のほうは西軍に属して戦ったのだから、これはおかしいのである。それに『関ヶ原』では三成は、織田秀信に、濃尾二州を与えると言っている。

司馬は、真田三代記を書きたくはなかっただろうか。書きたかったであろう。だが、池波正太郎が一九七四年から「真田太平記」の長期連載を始めてしまった。これでは池波に遠慮して司馬は書けなくなる。池波の真田は、忍者や架空の人物をふんだんに用いた伝奇的なものだから、司馬が真田幸隆から書いたらまた違ったものになっていたろう。しかしこの時、すでに司馬の執筆活動は後期に入っており、真田ものを書く気があったかどうかは、分からないが、読者としては読みたかった。

司馬の随筆集『この国のかたち』の「一」に、信長を論じて、日本人は独裁者を嫌う、とあり、そのあと井伊直弼の話にする予定だったようだが、どういうわけか話がわきへ逸れている。

『この国のかたち』は、文庫版裏表紙に「日本人論」と謳われているが、戦後、特に七〇年代以降やたらとはやった「日本文化論」とか「日本人論」に、ろくなものはない。私はそのことを『日本文化論のインチキ』（幻冬舎新書）にまとめて書いたので、いくらか世間的にもそういう認識は広まっているようだ。

だいたい、日本人だの日本文化だのというのは、多面的で、歴史的にも変遷があり、階級によっても気質は違うので、本当にそれが日本独自なのか、検証していくとたちまちほころびてしまうものがほとんどである。

「独裁者」といって、司馬はシナの皇帝や西太后や毛沢東のような、あるいはルイ十四世、ナポレオン、ヒトラー、カストロなどを考えていたのだろうが、日本でも独裁者がないことはない。恵美押勝《えみのおしかつ》、桓武天皇、藤原道長、平清盛などがいるが、何より豊臣秀吉は独裁者ではないのか。

この国のかたち

『この国のかたち』文藝春秋社／文春文庫／全6巻
初出　1986年3月～「文藝春秋」
「多少、言葉を多くして説明の要る国だとおもっている」日本と、日本人について考察する。

信長はフランス革命型、秀吉は明治維新型

秀吉は、ナポレオンに似ている。山崎の戦いのあと、秀吉が織田信孝を死に追いやり、柴田勝家を滅ぼし、たちまち関白の座にのぼっていく過程は実に不思議である。一介の百姓あがりの人物がここまで急速にのし上がったのはなぜか、よく分からない。

そのため、太閤秀吉といえば、立身出世の見本として愛された。特に大阪では好まれたから、司馬も大阪人として秀吉が好きだったのだろう。谷崎潤一郎の妻松子も、大阪人なので太閤びいきで、そのため谷崎は、自身の祖先が近江出身だと知るや、自分を石田三成に、松子を茶々になぞらえて『春琴抄』を書いたのである。

しかし、秀吉の治世は、検地と刀狩によって、自分のような出世人が出ないように、武士と農民の区別を明確にした、それはともかく、男子がなく、養子を何人もとったあげく、甥の秀次に関白位を譲ったものの権力はあくまで秀吉にあって、茶々が子を産むとたちまち秀次を高野山へ追いやって切腹させ、その家族三十数名を三条河原でなぶり殺しにし、千利休を切腹させ、ついに朝鮮と明国を従えるべく出兵し、ひたすら武将らを疲弊させたという、かなりひどい独裁者なのである。

秀吉に比べたら、井伊直弼などとても独裁者とはいえない。司馬は、秀吉の朝鮮出兵で連れてこられた陶工のことも描いているが、あれだけ、昭和の戦争を呪い、なぜこんな愚かなことをとくりかえし言いながら、秀吉の朝鮮出兵をちゃんと描こうとしないのか。

司馬は吉川英治の『新書太閤記』を読んだであろう。そして秀吉を「人たらし」「あかるい」などと書くのだが、私の調べた秀吉は、冷酷な人間である。特に織田信孝を追い詰めるあたりは、関白になってからおかしくなっていった、のではなく、もとから冷酷な人間だったのだということをさし示していると思う。

逆に、冷酷非情と言われる信長は、むしろその理由が明確だった。中世日本は、寺社勢力や宗教勢力が力を持っていた。応仁の乱で荘園制度が解体したとはいえ、中世的なものの残滓があちこちにあり、信長はそれらを破壊していったのだ。だから、信長がフランス革命的な革命家だったとすれば、秀吉は明治維新型であり、武将たちを侍従にしたりして、朝廷の権威をいったん復活させたのも秀吉である。

第九章

中国が舞台の司馬作品

リアリズムに徹し、空理空論に関心がない司馬

横山光輝の大河マンガ『三国志』(一九七一―八七)の冒頭は、劉備玄徳が茶を買おうと思って川のほとりに座り込んでいて、張飛と知り合うところから始まる。しかし原作『三国志演義』にこんな場面はなく、吉川英治の『三国志』(一九三九―四三)からとったものだ。クレジットがないが、横山の『三国志』は事実上吉川英治原作である。

その一方、横山はこの前に『水滸伝』を書いており、一九七三年に民放で中村敦夫、土田早苗主演で放送されたドラマ「水滸伝」は、「横山光輝原作」となっていた。だが内容は林冲(ドラマでは林中)を主人公とし、扈三娘《こさんじょう》をヒロインとした自由なアレンジだった。

『水滸伝』『三国志演義』『西遊記』『金瓶梅』は明代の白話《はくわ》小説で、徳川時代からよく読まれていたが、特に水滸伝、三国志は人気が高く、昭和以後は吉川の『三国志』『新・水滸伝』(一九六〇―六三、未完・遺作)、柴田錬三郎の『英雄 生きるべきか死すべきか』『英雄ここにあり』(柴錬三国志)、『われら梁山泊の好漢(柴錬水滸伝)』や、北方謙三『水滸伝』などがある。北方のものはかなり原作を大胆にアレンジしてある。

『西遊記』は平岩弓枝のものが知られるが、むしろテレビドラマで、夏目雅子が三蔵法師を演じて以来、女優が三蔵をやる形式のものが一般化して人気がある。『金瓶梅』は、わたなべまさこのマンガが、未完ながら優れている。

私は『水滸伝』が好きで、『三国志演義』はさほどでもない。昔は日本ではだいたい『水滸伝』のほうが人気があったから、それで馬琴の『八犬伝』も書かれたのだが、横山の漫画以降、人形劇やゲームになって『三国志』のほうが人気ものになってしまった。吉川の『三国志』では、張部《ちょうこう》という武将が三度死ぬというのが有名だ。戦死したなと思っていたらまた出て来て、また戦死し、また蘇って、三度死ぬ。これは原作にはないから、吉川の大ミスである。

そんな中で、司馬が書いたシナものは、『項羽と劉邦』『韃靼疾風録』の二点だが、『項羽と劉邦』は大正時代に長与善郎の同名戯曲があり、一九七七年からの『小説新潮』の連載時は「漢の風、楚の雨」の題だった。ネタ本は『通俗漢楚軍談』である。これは明代の『西漢通俗演義』を徳川時代に読本として訳したものだ。

これから十年ほどあと、横山光輝がやはり『項羽と劉邦』を書いているが、だいたい司馬のものがネタ本であろう。

項羽の最期は「四面楚歌」で知られ、『史記』の文章が漢文の教科書にもよく出ているし、「鴻門之会」もあるのに、それまで小説にする人がいなかったので、空白に目をつけたといったところか。本国でも、コン・リーが呂后を演じた映画が作られたのはその後である。

とはいえ『項羽と劉邦』や、架空の主人公の冒険を描きつつ、明の滅亡と清朝の成立を描いた『韃靼疾風録』は、読んでいると面白いが、特に司馬作品らしい感じはしない。やはり司馬は、日本史に関するうんちくや文化論がキモなのだろう。それと、項羽と劉邦の時代では儒学も一般化していないが、そもそも司馬は儒学にせよ仏教にせよ、空理空論に関心がないのであろう。むしろ私はそういうリアリズムは評価するので、たとえば歴史作家が、儒学について説明し始めたら、それはうっとうしいものに違いないと思う。

項羽と劉邦

『項羽と劉邦』（原題：「漢の風　楚の海」）新潮社／新潮文庫／全3巻
初出　1977年1月号〜「小説新潮」
秦の始皇帝亡き後、項羽と劉邦、二人の英雄が皇帝の座をかけてぶつかる。

第十章

司馬における女性

※以下は、旧稿である。「司馬遼太郎における女性像」として、『司馬遼太郎作品の女たち 巨匠が描いたヒロインの秘密』ダ・ヴィンチ特別編集（メディアファクトリー、二〇〇六）に寄稿したものだ。

司馬作品の最大の欠点は女の描き方？

司馬遼太郎の作品、特にその長編は、新幹線や特急列車、私は乗らないが飛行機など、長旅の途中で読むのに最適だ。他の人のことは知らないが、少なくとも私にとっては、一人、他人と同じ箱の中に入れられて遠方へ出かけるのは、心細い。だから、気分を滅入らせるような本は読みたくない。だが司馬作品の主流は、合理的精神と行動力を持った男たちが、日本全体を変革するような仕事をなしとげてゆく世界で、しかも作者の明快な解説も入っているから、自分がその主人公になったような気分、物識りになったような気分になって、爽快感を覚える。

しかしそのことは同時に、それが通俗的であり、読書大衆を慰撫するものでしかないのではないか、という批判は、かねてからあった。慰撫して何が悪いか、という反論はあるとしても、もし司馬作品の最大の欠点をひとつあげろと言われたら、それは女の描き方だと思う。「女が描けていない」という批判もまた陳腐だといえばいえるが、司馬の場合、それはむしろ、読者を喜ばせるという意味ではうまく描けていると言うべきだ。

　主人公の傍らには、一人か二人の魅力的な女が必ずついている。司馬は、史料を駆使して書く作家だが、前近代の女に関する史料自体が少なく、ましてやその人柄まで窺えるのは、平安朝の宮廷女房の日記くらいだろう。だが司馬はそんな世界は描かない。代わりに司馬が描く女たちは、美しく、または適度に美しく、エロティックまたはコケティッシュで、主人公が社会を相手に大仕事をするに当たっては、陰に陽にこれを支える。

　そして大体は、主人公に惚れている。その描き方は、初期の忍者ものにおいて既にそうであり、中期の『功名が辻』『竜馬がゆく』であらわになり、後期の『菜の花の沖』や『箱根の坂』、『韃靼疾風録』ではメルヘン風にさえなっていって、リアリズムを離れている。全体としてリアリズムの傾向がある『花神』や『胡蝶の夢』でさえ、ヒロインは非現実的で魅力的だ。せいぜい、『花神』で楠本イネが村田蔵六の愛情を求めて、目に石鹸を塗り混むくらいが関の山であって、司馬と並んで「国民作家」と呼ばれる夏目漱石が、『三四郎』、『行人』や『道草』で描いたような不快で実りのない男女関係は、司馬作品にはまったくと言っていいほど見当たらない。

『菜の花の沖』のはじめの方では、主人公高田屋嘉兵衛の、妻となる恋人おふさとの、淡路島の漁村でのロマンスが、能うべく徳川時代の史実と乖離しないよう、若者宿と「夜這い」の習俗を絡ませながら描かれているが、結果的には近代のロマンスと変わらず、それを適宜時代と地域に合わせて作り直したといった趣きがある。嘉兵衛は、大商人になってからは、二人の妾を船に同船させていたという史料もあるが、妻と妾の確執のようなものに、司馬は筆をあまり割こうとしない。

しかしこれがNHKでドラマ化された際、脚本の竹山洋は、精神を病んでしまう嘉兵衛の妻の姿を描いて、原作から大きく離れた。そして、その箇所だけが、あまりに司馬遼太郎離れしていたのである。男女関係とは、不合理なものである。合理的精神を支柱とする司馬作品では、そのような男女関係は丁寧に排除されている。

司馬作品の女性像を凝縮した女性・山内一豊の妻

司馬作品中の女性像を凝縮したような存在として、『功名が辻』のヒロインたる、山内一豊の妻がいる。しかしもちろん司馬は、戦前の修身教科書のようなやり方で、この歴史上名高い賢夫人を描くわけではない。かわいらしく、コケティッシュで、やや小悪魔的に描く。そこにもひと工夫があって、この千代という妻は、こんな言葉づかいをする。初めて夫となるべき山内伊右衛門一豊に会った時は、

（ちょっと不満だな）

などと思う。またあの有名な、十両で名馬を買う場面では、お買いなさいと言う千代に、冗談を言うなと伊右衛門が答えると、

「うん、冗談かな」

などと言っている。戦国時代を描いても、司馬は、会話の部分は適当に、いわゆる時

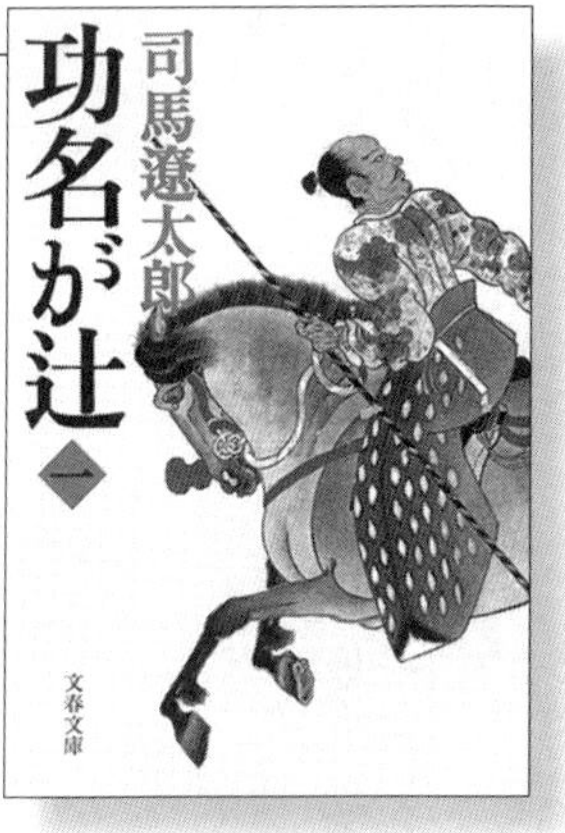

『功名が辻』 文藝春秋／文春文庫／全4巻
初出　1963年10月〜　地方数紙にて
2006年の人気大河ドラマの原作。山内一豊と妻・千代の夫婦の姿が広く共感を呼んだ。

功名が辻

代小説言葉で書いている。だから千代は、ふだんは敬語をもって一豊に対しているが、時おりこんな言葉が飛び出す。徳川時代まで、職人の女房の言葉づかいなどは男と変わらなかったし、中世となると、もっと分からない。しかしこれでは、大正から昭和のモダンガールか、一九六〇年代の女子大生や現代女性の言葉づかいだ。司馬は、現代の読者にかわいらしく見えるように女を描く。千代のように男に都合がよく、かつかわいらしい妻が現実にそうめったにいるはずがない。歴史や合戦が主となっているからいいようなものの、『功名が辻』の、千代と一豊を描いた部分だけ抜き出したら、大の大人が読むに耐えるものではないと言ってもいいくらいである。なのに、適宜案配して挿入されるから、読めてしまう。

司馬は女の視点からの作品を描かなかった

だからこそ、中年男に人気があり、自分の妻や愛人や恋人の恐ろしさを思い出すことなく、新幹線の中でも安心して読める。司馬作品によって、歴史に関する、地理に関するあれこれを学ぶことはできるが、女に関しては何ひとつ学ぶことができないと言っても過言ではない。女性読者でも、岸本葉子のような司馬ファンはいるが、岸本はむしろ『街道をゆく』のような紀行、あるいは風土小説めいたところを楽しんでいるようだ。あるいは、自分自身をその魅力的な女性に投影することができれば、女性読者も楽しめる、と考えることができる。『功名が辻』を読んでちょっと反省した、という女性もいたが、そんな反省は長続きはしないだろう。

では司馬作品はやはり通俗もので、加藤周一が『日本文学史序説』で言うように、高度経済成長を支えたモーレツ・サラリーマンの慰めでしかないのか。

私は、一つの結論を出すつもりはない。むしろこの問題は、いくつかの側面から考えることができる。一つは、司馬がやはり、「歴史小説」の流れに属する作家であって、それは中里介山、直木三十五、吉川英治、海音寺潮五郎といった作家によって発展させられてきたものだが、こういう女の描き方は、その流れの中では一般的だったということがある。

ただ私の知る中で、はっきり例外的といえる作品があって、それは山本周五郎の最後の長編『ながい坂』である。ここでは、主人公主水正《もんどのしょう》の、因習的な武士社会との戦いと、最後の和解に至るまでの妻との長い不和が、ともに描かれた名作である。これは山本が長い作家生活の末に達成したものだ。あるいは、永井路子や杉本苑子のような女性歴史作家たちは、もちろん違った視点から女を描いているけれども、井上靖の『淀どの日記』程度にさえ、それが成功しているか否かは別としても、女を主人公とする長編、女の視点から描かれたものを、司馬は書かなかった。

司馬と人気を二分する藤沢周平

これは、司馬と人気を二分している観のある時代小説作家、藤沢周平についても言えるだろう。藤沢は、司馬とは違って、架空の人物を描いた作品が主だが、藤沢作品を原作とする山田洋次の最近の二つの映画、「たそがれ清兵衛」と「隠し剣　鬼の爪」は、その枠組みが同じであることに私は驚いたのだが、いずれも興行的に成功し、批評家からも高い評価を得た。

どちらも、組織の上層部の陰険さや暗部と戦う男を描きながら、その男を支える美しい女が配されている。特に「隠し剣　鬼の爪」は、「たそがれ清兵衛」と似たような、藩中の謀叛人を主人公が征伐するという展開のあとで、家老を暗殺し、藩を離れて蝦夷地へ行く主人公が、かねてから世話をしていた美しい下女を訪ねると、まだ嫁入り先の決まっていない下女が、同行を肯うという甘い結末で、私は憤りさえ感じたものだ。

人間の「真実」はそこでは描かれていない。「真実」を描こうとするなら、松たか子扮する下女は既に嫁入っていて、主人公は下男一人連れて蝦夷地へ旅だつ、という風に描くべきだったろう。原作はちょっと違うが、女と出来てしまうのは原作通りだ。

あるいは黒澤明脚本の映画「雨あがる」は山本周五郎の短編を原作としており、ほぼ原作どおりだが、ここでもまた、剣の腕はたつが正直者で禄を失った武士を支える妻が描かれている。これまた高い評価を受けた映画だが、おとなしそうに見えた妻が、最後に、夫の仕官がダメになり、それを伝えに来た武士たちを罵るところが見せ場だ。黒澤贔屓の私といえども、黒澤もまた、女をリアルに描くのが下手な映画作家だったと言わざるをえない。

だが、さらに遡れば、社会と対峙し、その因襲や裏側と対決する男の主人公に、これを支持する美しい女がいるというのは、フランク・キャプラの『スミス都へ行く』や『素晴らしき哉、人生！』、あるいは小説ではザミャーチンの『われら』や、オーウェルの『一九八四年』以来、定番とも言うべきパターンなのである。

日本では松本幸四郎（現・白鸚）がロングラン公演を続けているミュージカル『ラ・

マンチャの男』も、結局はドゥルシネア姫と間違われた下層女の支持を得るドン・キホーテことアロンソ・キハーナの物語で、このミュージカルは女にはあまり人気がないと言われているが、さもありなん、と思う。

話を司馬に戻すなら、その主人公の多くは、社会を変革したり、大きな権力と対峙したりするのだから、女との痴話喧嘩などやっている暇はないし、もし司馬がそれを描いたら、これほどの人気作家にはならなかっただろう。夏目漱石の『坊っちゃん』の主人公も、社会と対決するためには、乳母の「清」を必要としたのである。

だが、そのような物語は何もそれは二十世紀に始まったことではない。西洋中世の騎士物語でも、騎士は愛する貴婦人のために、その精神的庇護を受けて戦ったのだし、日本でも室町時代の『曾我物語』や『義経記』のような軍記物語の主人公の横には、静御前や遊女虎がいた。つまり女とは、おおかたは物語においてそのような役割を果たすものなのである。

近代文学における女の見方

しかし近代文学は、女をそのような役割とは別の方向から見るところから始まったと言ってもいい。

日本でいえば、二葉亭四迷の『浮雲』が、まさにそのような「近代小説」である。その一方、昭和初年、谷崎潤一郎は、近代小説のあり方を批判する「藝談」を書き、「直木君の歴史小説について」を書いて中里介山や直木三十五の歴史小説を評価し、自らも前近代的な説話の手法を用いて、『盲目物語』や、歴史小説『乱菊物語』を書くのみならず、実生活においても、松子夫人の騎士的な生き方を演じた。そもそも司馬が当初拠っていた同人雑誌『近代説話』は、谷崎のそうした方向性の延長上にあったのだから、そこで、近代小説的な、夏目漱石の描く美禰子のような女が現れないのも、文学史的必然だとも言えるのである。

あるいは、近代小説でも、志賀直哉の『暗夜行路』に描かれた女は、とうてい近代的とは言えない。それどころか、大江健三郎の『個人的な体験』に現れる火見子という女もまた、主人公を支える役割を果たしている（ただし大江はこれを最後に否定する）。中上健次にも、かなり前近代的な「女」の描き方をする傾向があった。ただし、川端康成の『山の音』と、谷崎の『瘋癲老人日記』を典型として、男の、女に対するファンタジーは、最後に引っ繰り返されたり、相対化されたりする例もある。これは、『源氏物語』

において、光源氏の理想の女性として描かれた紫上が、女三宮の降嫁とともに変容してゆくのに倣った、日本独自の女房文学リアリズムである。だから、竹山洋のシナリオ『菜の花の沖』は、前近代的な原作を近代化したものだと言えるのだ。

司馬が正岡子規を好んだ理由

司馬が、戦国時代と幕末を得意としたことは言うまでもない。だが、『義経』は書けても、鎌倉三代記は書けなかった。北条政子を描くことができないからである。

近代を扱った作品『翔ぶが如く』や『坂の上の雲』は失敗しているという丸谷才一の意見に私は賛成だが、長編随筆とも言うべき『ひとびとの跫音』を含めて、司馬がなぜ正岡子規を好んだのか、ということを考えてみたい。

子規とは、実に色気のない男である。その生涯に、浮いた話がどうにも見当たらない。若くして結核という死病に捕らえられたせいもあるが、それ以前にも、どうも色恋には縁がなく、せいぜい妹の看病を受けていたのが僅かに子規をめぐる女っ気であり、そのあたりは宮澤賢治に似たものがある。のみならず、子規の短歌革新運動にも、恋の歌を本領とする『古今集』『新古今集』を批判して、『万葉集』の、もっぱらますらおぶりの歌を称揚するという、色恋ばなれしたところがあり、長塚節や伊藤左千夫とは大分違う。たとえば司馬が、子規ではなく、北村透谷や国木田独歩を描くことを想像することはできない。

恋愛恐怖症的なところがある司馬

一方で、司馬には、恋愛恐怖症的なところがある。実は、博学の司馬も例外ではないのだが、戦後日本の文学者というのは、日本文学における色恋の要素の流れがよく分かっていない。

『源氏物語』に代表されるような色恋の文藝というものは、近世初期に途絶しており、それ以後は、女性蔑視的な遊里文藝や、女性嫌悪的な漢文学にとって代わられているのだ。つまり漢文化の影響が強くなり、和風公家文化が後退したのである。明治以後、西洋文化の影響によって、少しずつ近世的な伝統も後退していくが、それでもまだ残っている。

近世文化には、武士的なものと町人的なものとが入り交じっていて、司馬はこの二つを兼ね備えた精神構造を持っている。政治や事業の世界で動く主人公を描くときは武士的に、ロマンスやエロティックな場面は町人的に描いている。
あるいは、大阪の町人的な合理精神があるとも言われる。ただ、『箱根の坂』の前半部分は、宮廷文化に対する意識が強く出ており、自ら『徒然草』の一段を解釈して、「妻こそ、おのこの持つまじきもの」の妻を、嫁入り婚におけるそれ、「女」を、招婿婚におけるそれとしている。宮廷文化と近代文化は、一夫一婦制と一夫多妻制という点で大きく違っている。

箱根の坂

『箱根の坂』講談社／講談社文庫／全三巻
初出　1982年6月〜「読売新聞」
司馬が60歳を前に描いた、最後の戦国長編もの。主人公は将軍・義政の弟に仕えた北条早雲。

谷崎潤一郎は、二番目の妻との結婚の感興の中で書かれた随筆「恋愛及び色情」で、近世文藝は女人を軽蔑しているが平安朝文藝はそうではない、と書きつつ、一夫多妻制の問題のところで、少々困っている。新妻が読むからである。司馬もまた恐らく、一夫多妻制を合理的と見るところがあったはずで、しかしそれを表に出せば、読者の不興を買うから、適当にごまかした。斎藤道三のような梟雄《きょうゆう》であれば、次々と女を利用するのも良かろうが、高田屋嘉兵衛や村田蔵六や坂本竜馬ではそうもいかなかったのである。

　司馬が、読者の人気を気にしなくていい批評家だったら、一夫一婦制には無理がある、と言っていただろう。


　司馬ファンの岸本葉子も、鎌倉育ちであることと関係するのか、武士的な意識を持った女性である。それがまがいものでないことが、がん体験記によって図らずも明らかになった。何も岸本に限らず、日本で女子の間に少年愛ものが流行するのは、彼女らのなかに武士的感性があるからだ。漱石の『こゝろ』に対してそう感じないように。『坂の上の雲』あたりを読んでも、日本人はさほどに同性愛的には感じないようだ。

　一方、たとえば戦後文学の傑作とされる大西巨人の『神聖喜劇』もまた、女に関しては司馬遼太郎について述べたのとまるで同じ描き方がなされている。誰かが既に指摘したかどうか知らないのだが、この長編の主人公・東堂太郎の超人的記憶力と、作全体のブッキッシュな様もまた、司馬作品に共通している。逆にたとえば、司馬に並んで、史料に基づいて書かれている吉村昭の歴史小説は、司馬が排除した人生の苦さを遠慮会釈なく描く。『花神』に出てくるロマンティックな楠本イネと、『ふぉん・しいほるとの娘』の主人公が、同じ人物とは思えないほどだ。

優れた作家だが、女については真実を描かなかった

では司馬作品は、やはり大衆文藝でしかないのか。しかし「純文学」とされている作品でも、女の描き方がロマンティック過ぎるものなど、たくさんある。逆に谷崎潤一郎は、女を描いたが、社会は描かなかった。シェイクスピアやバルザックのように、社会の上から下まで、男も女もその真の姿において描くということができるのは、世界文学の超一流文学者にのみ可能なことである。ただ、司馬の場合、歴史の流れや地誌について該博な知識と見取り図を披瀝する作家であるために、女の描き方のメルヘンぶりが目につくというだけのことである。

読者の側でも、千代のような女が現代社会にいるはずがないことくらい、よほどのばかでない限り分かっているだろうが、現代社会にはいなくても、過去にはいたのではないか、と思う人はいそうだ。だが、私が研究した結果から言うなら、そういう女が多かったのは、日本史上において、昭和三十年代だったと思う。大正十四年生まれの司馬―福

田定一にとっての三十代である。明治・大正期の女は、もっと悍馬めいていた。

　つまり司馬は、女を描くに当たっては、その若い時代の経験に基づいて描いていたのであり、これは司馬といえども、自覚していたかどうか。日本の女たちは、一九八〇年代から急速に、かつての悍馬じみた性格に戻りつつあるが、司馬が小説の筆を措き、ついで没した一九九六年から、さらに加速して変容しつつある。司馬がもし生きていたら、そういう女の変容について何か言っただろうか、というと、やはりそれは無理だったろうと思う。

　司馬遼太郎は、優れた作家であり、文明評論家でもあるが、それ以上のものではない。なかんずく、女については、真実を描かなかった。その程度のことは、心得ておくべきだろう。

＊　＊　＊

　ここまでが旧稿だが、このエッセイ集には、東大卒女性にしては珍しく司馬ファンだという岸本葉子さんが寄稿していて、司馬は女が描けないと言うが、『一夜官女』は違うのではないか、と書いている。

　しかし、岸本さんには悪いが『一夜官女』のヒロインは、複数の男に身を任せる、男に都合のいい女でしかないだろう。

司馬の長編随筆『アメリカ素描』は、さすがに司馬といえどアメリカには手が出なかったか、という感じの作品である。現代アメリカを描いたノンフィクションでは、立花隆の『アメリカ性革命報告』が面白いが、『アメリカ素描』は、同性愛の問題などを書いている。しかしこれを読んでいて私は、レズリー・フィードラーの『アメリカ小説における愛と死』（邦訳、新潮社）を思い出した。これは十九世紀アメリカ小説を論じたもので、あまりに多くのことがらが詰め込まれているので通読には適さないが、アメリカ文学における女性嫌悪・女性恐怖を論じている。

女性嫌悪・女性恐怖は、英語でミソジニーという。男の同性愛者は、おおむねミソジニストだ。

アメリカ素描

「アメリカ素描」新潮社／新潮文庫／全1巻
初出　1985年4月～「読売新聞」
初の訪米でニューヨーク、ワシントン、サンフランシスコなどをめぐった司馬のアメリカ思索。

司馬は妻のみどり夫人が怖かった?

司馬夫人はみどりだが、その前に一度結婚して男児がいたらしい。司馬こと福田定一は、若白髪のおかげで、老賢者の風格があったが、あれで黒髪で若かったら、あまり美男とはいえないだろう。最初の夫人とも見合い結婚だったという。

司馬に「私の愛妻記」という随筆がある(『歴史の中の日本』)。これが、ある意味、私小説風である。産経新聞大阪本社の同僚で六歳下のみどり夫人に、梅田の桜橋のバス停留所でプロポーズし、梅田OS劇場のそばの喫茶店で、茶色い和服を着たその母親に会ったという話で、母親が鶏をもらってくれ、と言ったという司馬らしい人を食った話になっている。父親や弟は出てこない。

私は大阪にいたことがあるが、OS劇場という映画館は、私が行ったころにはもうなかった。その近傍に北浜という兜町みたいなところがあり、そこの三越で、私はさる女性に婚約指輪を買ったことがある。しかも当時私が持っていたクレジットカードでは上限を超えていたため、彼女に払ってもらってあとで渡すというぶざまなことになり、別にそれが理由ではないが半年もせずに結局破綻して、指輪の代金が現金書留で返ってきた。その女性は大阪を愛していて、大学では西洋史を学んだが、司馬遼太郎を読んだ、という話は聞いたことがなかった。

前に、司馬が嫌うレザノフを「ヒステリックな未婚女性」と書いているのを引いた。なぜここに「未婚」がついているのか。司馬の若い当時は、二十五過ぎて独身の女を「ハイミス」「オールドミス」などと言ってバカにしたものだ。だから、司馬の女性観の、世代相応に古いのは確かだが、「未婚」としておけば妻が怒らずにすむ、ということもあるのではないか。司馬は、妻が怖くなかっただろうか。ある程度は怖かっただろう。だがそういうことは書かないのが司馬である。歴史小説といえど、周囲の人をモデルにするということはある。司馬作品に「怖い妻」というようなものはまず出てこないが、それは司馬が妻が怖かったからであろう。

第十一章

司馬を愛する作家たち

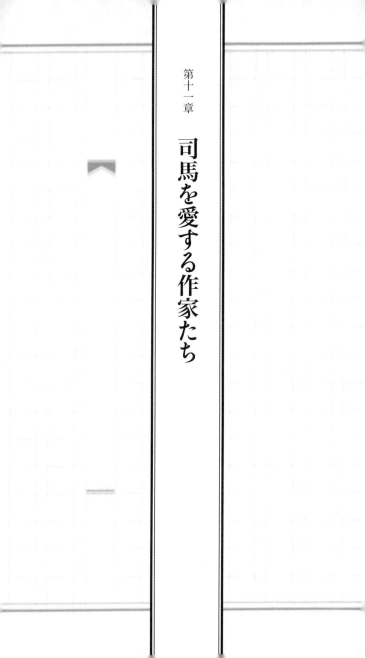

司馬が親しくした知識人や作家たち

広瀬正（一九二四―七二）という、早く死んだSF作家がいた。『エロス』『ツィス』などが代表作で、三回直木賞候補になっている。うち二回、選考委員として司馬はこの作家を推している。私はこれを知った時、司馬の見識に感心したものだ。私は広瀬は、日本SFにおいて最も面白い作家だと思っているのだ。

吉川英治は、少年時代に耽読したというが、島津久光を描いた短編「きつね馬」というタイトルは、吉川の初期作「馬に狐を乗せ物語」からとったのではあるまいか。これは「馬鹿げた」というような意味である。

海音寺潮五郎は、やや年長の歴史作家として互いに敬愛する間柄だったようだが、同年の池波正太郎は、直木賞候補になっても海音寺が反対し続けており、司馬と池波も、さほど親しくはなかったかと思われていたが、二〇一三年に、司馬から池波に出した書簡・はがきが多量に見つかり、司馬が池波に「好きになっちゃった」などと書いていたことが分かった。二人とも直木賞選考委員だったが、司馬が辞めたあとで池波が就任しているので、文学の好みはあまり分からない。

司馬が直木賞の選考委員を務めたのは、十年程度でしかない。権力の座ともいうべき地位だが、司馬のように売れる作家だと、変に他の作家を批判して嫌われるというようなことはしたくないのだろう。しかもこの時期の直木賞は、概して低調だった。藤沢周平や津本陽が受賞しているが、司馬の評価は高くない。最後に、宮尾登美子が受賞した回で、司馬は欠席し、その後二回も欠席して、そのまま選考委員を辞めてしまうのだが、司馬の宮尾評は見てみたかった。

司馬が親しくした知識人は、山崎正和あたりだろう。保守派だが親米派で穏健派である。江藤淳とは、だから若いころは一緒にヨーロッパへ行ったりしたが、のちには疎遠になったはずである。ここで気になるのは山本七平で、山本には『現人神の創作者たち』という著作があって、徳川時代に天皇崇拝が作られていった経緯を論じている。朱子学、神道、山崎闇斎などがからみ、今でも加藤典洋などは援用しており、司馬も山本の論を下敷きにしてものを言っていたが、新田均の『「現人神」「国家神道」という幻想』（二〇一四）という、司馬没後の著作で、天皇崇拝は明治期に作られたものであることが明らかにされた。特に司馬の論述に深い影響を与えるわけではないが、司馬の感想は聞いてみたかった気がする。

ブームになった司馬礼賛本

司馬の死去前後に、司馬についての著書、いわば「司馬礼賛本」のようなものがブームになったことがある。ムックなどはおびただしい数出ているし、雑誌特集も多く、『週刊朝日』では今でも「街道をゆく」のあとをたどるシリーズをやっているが、その当時、司馬礼賛者として著作を出していたのは、谷沢《たにざわ》永一、関川夏央、鷲田小彌太であろう。

特に谷沢のは数が多く、

『円熟期司馬遼太郎エッセンス』(文藝春秋、一九八五　のち文庫)
『司馬遼太郎の贈りもの』(全五巻、PHP研究所、一九九四—二〇〇一)
『司馬遼太郎』(PHP研究所、一九九六)
『司馬遼太郎の遺言』(ビジネス社、二〇〇五)
『一冊でわかる『坂の上の雲』司馬遼太郎が伝えたもの』(PHP研究所、二〇〇九)
『司馬遼太郎「坂の上の雲」を読む』(幻冬舎、二〇〇九)

と刊行している。谷沢といえば、関西大学名誉教授の日本近代文学専門の書誌学者で、若いころは開高健と同人誌『えんぴつ』に所属し、小田切秀雄らと親しい共産党員だったが、のち転向して右翼になり、激しい天皇崇拝家になり、渡部昇一とよく対談本を出して、大東亜戦争は悪くない、といったことを言っていた人で、しまいには「天皇制」という言葉は、天皇制を否定・批判するやつらによって使われてきたから使うべきでない、と言いだし、そのせいで右翼メディアは「天皇制度」などと言いかえるようになった。しかし「制」だって「制度」だって同じだろう。それに、天皇制は、大日本帝国憲法に規定された時から「制度」になっているので、それ以前は天皇の存在を規定する法などなかったのだ、と私は反論したが、谷沢が知っていたか知らないか分からない。

とにかく論争や批判の好きだった人で、それは私もあまり変わらないが、なんでその谷沢がこうも司馬に入れあげたのかは謎である。やはり『坂の上の雲』が良かったのであろうか。とはいえ、司馬は日露戦争以後の参謀本部には批判的である。谷沢はとにかく大阪びいきで、弟子の浦西和彦に、大阪の作家の書誌を作らせるのはいいが、河野多恵子とか田辺聖子とか、まだ存命の作家の書誌まで作ったのは感心しない。

その流れで司馬礼賛にいきついたのかもしれないし、この当時は、司馬本を出せば売れるということで出していたのかもしれず、それは文筆家として決して非難すべきことではない。

鷲田小彌太は哲学研究者で、こちらも元はマルクスをやったりしていたのが、谷沢に出会って転向した口で、膨大な数の著作を出している。鷲田の司馬本は二冊程度である。谷沢や鷲田を見ていると、マルクス主義の毒というのはそんなに大変なものなのか、と改めて思う。芳賀徹先生が、若いころ、マルクス主義史学の洗礼を受けて耐えられず、そこから抜け出したことをよく語るのだが、谷沢や鷲田も、体の中にしみいったマルクス主義の毒に苦しみ、それを解毒してくれるものとして司馬を、渇した者が水を求めるように渇仰したのであろう。かつては、柳田国男がそういう役割を果たしていた。柳田は、「常民」という庶民を語るから、マルクスの毒をうまく中和してくれたのであろう。柄谷行人や呉智英、大塚英志など、柳田経由でマルクスの毒を中和した者は数多い。

関川夏央と内田樹

関川夏央となると、どうもよく分からない。漫画原作者でもあり、評論家でもあるが、『司馬遼太郎の「かたち」――「この国のかたち」の十年』(文藝春秋、二〇〇〇)『「坂の上の雲」と日本人』(文藝春秋、二〇〇六)の二冊を出している。関川の政治的スタンスはどうも曖昧である。前者は、たまたま司馬と編集者の書簡が手に入ったので書いたらしく、後者は、もしかすると職業的文筆家として売れるとふんで書いたのかもしれない。何しろ「『坊っちゃん』の時代』（谷口ジロー絵）の原作者だから、「明るい明治」が好きなのだろう、と思う。

関川は、『坂の上の雲』が、一九六八年から七二年という、学生運動の時代に連載されたことに着目して、「日露戦争以後」の病的な日本と、学生運動とを重ね合わせたのだとしている。だが私は「日露戦争以前」が健康だったとは思わない。

『「坂の上の雲」と日本人』の文庫版解説は内田樹が書いている。内田は、

新左翼運動の「本質」について、司馬と似た直観を持った作家を思い出した。三島由紀夫である。三島は東大全共闘との対話集会において、「天皇」と一言言ってくれれば、私は君たちとも共闘できると告げた。私はその当時三島が何を言っているのかまるで理解できなかったけれど、司馬遼太郎を知った今ではその理由が少しだけわかるような気がする。

これは二〇〇九年の文章だが、そしていま内田樹は「天皇主義者」になったのである。私は全共闘運動と大東亜戦争が同質だというのは理解するが、「天皇」が出てくればそれが解毒されるとはみじんも思わない。これは論理の問題であり、天皇制を認めるということは身分制度を認めるということだが、私が問うてはっきりそうだと答えた人は一人もいないに近い（作家の上原善広だけがそうだと答えた）。これは単なる知的頽廃である。司馬も、その知的頽廃から免れてはいない。もっとも全共闘運動にこれだけ厳しい視線を向けられる内田が、九条護憲教の愚かさに気づかないのはなぜか。

あと、『坂の上の雲』の大河ドラマ化の際、歴史監修として「鳥海靖」という名があった。これは東大教養学部教授をしていた日本近代史学者で、あまり知られていないが、「左翼」でなかったことは確かである。

第十二章

「歴史小説」の終わり

〜小説やドラマの宿命〜

商売として成立しなくなりつつある歴史小説

日本で、史実に基づいた歴史小説というものが書き始められたのは明治時代のことだ。吉川英治がそれを集大成し、子母澤寛、海音寺潮五郎らが書き、司馬遼太郎がそれをまとめた。その間、日本史上の人物・事件についてはおびただしい量の歴史小説や戯曲が書かれ、テレビドラマや映画になった。

こうして、日本史上のあらかたの人物・事件は書き尽くされてしまった。いったい、今さら信長や秀吉について小説が書けるだろうか。もちろん、「女大河」のように、歴史の中に埋もれた人物を発掘する努力は、テレビも作家もやっているが、もはや吉川、海音寺、子母澤、司馬のように堂々と押し出すことはできないだろう。

私は純文学は、もはや例外的にしか商売として成立しないと考えているが、もしかすると歴史小説もそうなりつつあるのかもしれない。それこそ森鷗外が書いた史伝のように、あまり、ないしほとんど売れないものとして、まだ描かれていない人物や事件をとりあげて、キンドル本などで個人が出して少数が読む、そういうものとしてしか、今後の歴史小説は存立しえないのかもしれない。

たとえば大河ドラマ「平清盛」（二〇一二）では、長男の重盛を、清盛の圧政に反対し、「忠ならんと欲すれば孝ならず、孝ならんと欲すれば忠ならず」という頼山陽が創作した言葉を吐く人間として描いていたが、現在の歴史学では、重盛は清盛以上に横暴な人間だったということが分かっている。だが『平家物語』の通りに、つまりウソを描いたわけだ。

また「おんな城主直虎」（二〇一七）では、徳川家康の長男・信康が切腹するのを、信長の圧政によるもので、信康も母の築山殿も武田に通じてなどいなかったという風に描いたが、現在の歴史学では、信康は乱暴者で家康も困っていたということになっているのだ。

歴史学的に明らかになった事実を知りたい者は学者が書いた本を読めばいい、小説やドラマは作りごとだから、面白ければいいのだという考え方なのであろう。私はこういう考え方を好まないが、それはついに「娯楽」である小説やドラマの、宿命なのであろうか。

終章　思い出

「井戸の底に腕をのばして牛をつかみあげる」

私は一九九〇年夏にカナダのヴァンクーヴァーへ「留学」したのだが、その前に、英会話の勉強のためアテネ・フランセへ通っていた。英会話をブラッシュアップするためと言えば聞こえはいいが、私の英会話能力というのは、当時も悲惨なものだった。今でも、英語の映画でセリフをまともに聴き取ることはできない。司馬凌海が語学の達人だったのと逆に、私は語学の才能が明らかに欠如しているのだ。

だがそのクラスに、岡室美奈子さんという、美しい演劇学者がいた。この人はイェーツ研究のためアイルランド留学に行ったこともあるのだが、本当にブラッシュアップのために来ていたのだ。

早稲田の院生だったが、アイルランドで司馬遼太郎を案内したと言っていた。私はさっそく、御茶ノ水駅前の丸善で『街道をゆく　愛蘭土紀行』を買った。

さて、岡室美奈子さんについてふれねばならない。

ホテルに入ったとき、ロビィの壁ぎわのイスに、カーネーションの小さな花束を持った可愛い日本のお嬢さんがすわっているのを見た。

まさかと思った。小柄で色白で、髪形（ママ）は流行りの｢ソバージュというのか｣傘をゆっくりひろげはじめた途中のような、いかにも高校を出たばかりの年頃のようなスタイルにしている。

真黒な瞳が、ドアをあけて入ってきた私のほうにむいたが、すぐその視線が床に落ちてしまった。その視線をあわてて拾ってあげたくなるような、かぼそげな少女にみえた。

私が文章だけで知っている岡室さんは、そういう少女ではない。彼女は早稲田大学の演劇学の大学院生で、たとえばその大学院の一九八五年の「紀要」に、

「語られる演劇空間」──ベケット「モノローグ一片」の劇構造について
という題で、井戸の底に腕をのばして牛をつかみあげるようなみごとな論文を書いている。

司馬はこういう比喩がうまい。

たまりかねて席を立ち、お嬢さんのそばに行って、自分の名を名乗り、ひょっとしたら岡室さんではないでしょうか。

彼女はその文体とはおよそちがった少女らしいはにかみとともに、

「はい、岡室美奈子でございます」

といって、カーネーションをさしだしてくれた。

岡室さんは、一九五八年生まれだから、この頃は二十八か九だろう、それを「少女」と言う、こういうことは、あるものだ。

しかし私はその時、岡室さんと親しくはならなかった。私はシェイクスピアの論文も書いていたし、演劇学をやろうとしていたが、あまり接点は生じなかった。いま岡室さんは、早大坪内逍遥記念演劇博物館の館長である。副館長の児玉竜一さんとは面識ができたが、館長とはない。

アテネ・フランセでの授業中に、岡室さんが英語で話した。アイルランド滞在中に重い病気になり手術をした。普通なら帰国するのだが、アイルランドで家族同然にお世話になっている人たちへの信頼があったから、アイルランドで手術をしたという。

私は内心で舌を巻いた。かなわん、と思ったのである。この人は出世するだろうと思った。

とはいえ、当時の私には、自分の研究室に、憧れ、かつ嫉妬する対象たる女性研究者が数人いたから、岡室さんのことはいつしか視野からはずれた。しかし、岡室さんの名前が目に入るたびに、「井戸の底に腕をのばして牛をつかみあげる」という比喩が思い浮かんだ。

あとがき

本書は、あたかも司馬遼太郎批判本のごとき様相を呈しているが、もともとそういうつもりで書き始めたのではない。ところが、『幕末』で、井伊直弼を口を極めて罵倒しているのを見出して、私はこれを知らなかったので驚いた。そして困り、いったんは執筆を中断した。

司馬遼太郎への批判本は、すでにいくつか出ている。だが、基本的には人気作家であり、礼賛本のほうが売れる。売れない本を、わざわざ書くこともあるまいと思った。だが、出版社側で、批判でもいい、と言うので、改めて書き始めたが、実に難儀した。特に歴史の説明は、歴史を説明するのが主になると、司馬がどこかへ行ってしまうから、苦労した。

私としては「司馬遼太郎は『尊王攘夷』か」というようなタイトルにしたかったのだ

が、出版社の要請でこのようなタイトルになった。司馬礼賛本かと思った人にはお詫び申し上げる。

加藤典洋が『もうすぐやってくる尊王攘夷思想のために』（幻戯書房）という本を出して、内容は私には理解不能だったが、題名は面白いと思った。私にはむしろ、今の日本にはすでに尊王攘夷思想が瀰漫していると思える。「攘夷」とはこの場合、「反米」であり「護憲」である。地政学的に西側に北朝鮮、中華人民共和国、ロシヤのような危険な国々を控えている日本は、憲法九条を改正して米国と連携するのがベストだが、それを理解しない精神論が、反米護憲である。

しかも近年、かつては左翼だった九条護憲派が、次々と天皇主義者になりつつある。これでは尊王攘夷ではないか。私は『反米という病』という本を書いたことがあるが、これははからずも「尊王攘夷という病」になったようである。

小谷野　敦（こやの　あつし）
1962（昭和37）年生まれ。東京大学文学部英文科卒業、同大学院比較文学比較文化専攻博士課程修了。学術博士。著書に『もてない男』『谷崎潤一郎伝　堂々たる人生』『川端康成伝　双面の人』『日本人のための世界史入門』『頭の悪い日本語』『俺の日本史』『文豪の女遍歴』『純文学とは何か』など。

ベスト新書
572

司馬遼太郎《しばりょうたろう》で読《よ》み解《と》く幕末《ばくまつ》・維新《いしん》

二〇一八年二月二〇日　初版第一刷発行

著者◎小谷野《こやの》　敦《あつし》
発行者◎栗原武夫
発行所◎KKベストセラーズ
東京都豊島区南大塚二丁目二九番七号　〒170-8457
電話　03-5976-9121（代表）
http://www.kk-bestsellers.com/
装幀フォーマット◎坂川事務所
印刷所◎近代美術
製本所◎積信堂
DTP◎アイ・ハブ
口絵作図◎森本眞実
校　正◎聚珍社

ISBN 978-4-584-12572-4 C0295